MAHOROBA
Nara Women's University
Faculty of Letters

ハリー・ポッターの「ことば学」

吉村あき子　須賀あゆみ
YOSHIMURA Akiko　SUGA Ayumi

JN198307

かもがわ出版

はじめに ────────◆

ハリーで「ことば学」の面白さを知る

『ハリー・ポッター』シリーズは、ホグワーツ魔法学校を舞台にした世界中で大人気のファンタジー小説で、ことばの使用の視点から見ると、大変興味深い例が数多く見られます。本書は、このシリーズに見られる表現力豊かな言いまわしを観察し、ことばの巧みな使い方がこの物語の面白さにどのように貢献しているかを考察することを通して、ことば観察「ことば学」の面白さを伝えようとするものです。

✒ ハリー・ポッターの面白さに貢献するのは

『ハリー・ポッター』シリーズ（J. K. ローリング著）は、1997年に第1巻 *Harry Potter and the Philosopher's Stone*（Bloomsbury, UK.）が出版され、2007年に第7巻 *Harry Potter and the Deathly Hallows* が出版されて（いったん）完結しますが、初版出版から30年近くたった現在でも絶大な人気を誇っています。私たちも映画の方を何度も繰り返し見て、その面白さを十分知っていましたが、いや、知っているつもりでしたが、（遅まきながら）2021年に原著を読んで、改めてその面白さを再認識しました。物語の設定や展開の面白さはもちろんなのですが、ことばの研究をしている私たちにとっては、興味を引かれる表現方法があちこちに見られ、それぞれの場面を強く印象に残るものにして、話の面白さに大きく貢献しているように思います。

✒ ハリー・ポッターの呼び方や呪文の伝え方

『ハリー・ポッター』は魔法界の話ですので、私たちの日常にはない「もの」

や「こと」がたくさん出てきます。ハリーはホグワーツ魔法学校に入学する時点で、魔法界では既に有名で、いろんな人がいろんな呼び方をします。例えば、ハグリッドは「ハリー（Harry）」と呼び、マクゴナガル先生は「ポッター（Potter）」と呼びますが、「生き残った男の子（the boy who lived）」や「選ばれし者（the chosen one）」と呼ばれることもあります。一方、闇の帝王「ヴォルデモート（Voldemort）」は、ダンブルドアやハリーは「ヴォルデモート」と名前で呼びますが、スネイプは「わが君（My Lord）」と呼び、他の多くの人は、だれもが名前を知っているのに、「例のあの人（You-Know-Who）」や「名前を言ってはいけないあの人（He-Who-Must-Not-Be-Named）」と呼びます。人をどのように呼ぶかを観察するといろいろなことが分かってきます。一方、登場人物がはじめて導入される際にはある規則性があるようです。

　また、お菓子の名前も大変興味深く、「バーテー・ボッツの百味（ひゃくみ）ビーンズ」や「ドルーブルの風船ガム」のようにお菓子メーカーの名前がついていたり、「蛙（かえる）チョコレート」のように原材料が想像できるものがあったりと、読者の想像力を掻き立てます。このように細かく描写する場合もありますが、ひとまとめに「甘い物（sweets）」と表現する場合もあり、描写のきめ細かさ（粒度！）を変えることである効果が生じます。

🪶 ハリー・ポッターのレトリックと「否定」しない否定

　『ハリー・ポッター』の作品は、全巻を通して、レトリック表現にあふれています。ダンブルドアは「衣を見事に着こなす」と言ってハリーを賞賛します。これはハリーの素晴らしい行いを「衣を着こなす」ことに見立る比喩（ひゆ）の一種です。「僕もウィーズリーしちゃう」と言ってウィーズリー家の双子の自由への逃走行為を指すのはまた別の種類の比喩ですし、ハリーの17歳の誕生日にジニーと交わした「儀礼的な会話以上のもの」は、「花見」の「花」が「桜」を指すメカニズムと似ています。

　また、ハーマイオニーは「ご支援を感謝しますわ」と口では言いながら、ロンに怒りをぶつけます。これはアイロニー発話です。ハリーのホグズミード行き（規則やぶり）を密かに助けるフレッドの「行動を慎んでくれたまえ」

も、ユーモアあふれるアイロニー発話と言えるかもしれません。ハリーが魔法薬学の授業で「スネイプはハリーを嫌っているのではない」と思うとき、この否定文は「嫌う」を否定しておらず、そんなところではないと言っています。辞書に載っている単語の意味を「否定」しない否定の用法です。

　これらの発話はどれもみな、字義的な意味を少し（大いに？）外れたところに真意があり、文脈と共にとても印象に残る効果的な表現になっていて、『ハリー・ポッター』の作品の魅力に大きく貢献しているように思えるのです。

ことばの使われ方を観察する

　記号論のチャールズ・W・モーリス（1938）は、ことば研究の3領域を次のように特徴づけました。「統語論」は語と語の関係を扱い、「意味論」は語とそれが指し示す対象との関係を扱い、「語用論」は語とその解釈者の関係を扱う、と。「語用論」は文字通り「語を用いる論」で、語とそれを用いる人が研究対象に入ります。人が行うコミュニケーションを研究対象にする領域です。上で述べたようなことばの使われ方は、みな、語用論の研究対象になるものです。

　本書の前半では、ハリー・ポッターの呼び方や呪文の伝え方、表現のきめ細かさ（粒度）について、後半では、『ハリー・ポッター』のレトリックや「否定」しない否定について、具体例を分かりやすく解説しながらその効果と規則性を観察します。『ハリー・ポッター』のストーリーを楽しみながら、作者J.K.ローリングのことばの巧みな使い方が、この物語の面白さにどのように貢献しているかを考察することを通して、ことば学の面白さ、特に語用論の面白さを伝えられたら、と願って本書をおくります。

吉村 あき子　須賀 あゆみ

＊ 本書は、奈良女子大学文学部2024（令和6）年度の出版助成を受けています。

❖•❖••❖•❖•••❖ 参考資料 ❖•••❖•❖••❖•❖

Harry Potter the Complete Collection
(by J.K. Rowling)
Bloomsbury, 2018
ISBN: 978-1-4088-9865-9

（内訳）
Harry Potter and the Philosopher's Stone
(by J.K. Rowling)
Bloomsbury, 1997
ISBN: 978 1 4088 9462 0 18
（本文中では *Philosopher's Stone* と略記）

Harry Potter and the Chamber of Secrets
(by J.K. Rowling)
Bloomsbury, 1998
ISBN: 978 1 4088 9463 7 13
（本文中では *Chamber of Secrets* と略記）

Harry Potter and the Prisoner of Askaban
(by J.K. Rowling)
Bloomsbury, 1999
ISBN: 978 1 4088 9464 4 13
（本文中では *Prisoner of Askaban* と略記）

Harry Potter and the Goblet of Fire
(by J.K. Rowling)
Bloomsbury, 2000
ISBN: 978 1 4088 9465 1 12
（本文中では *Goblet of Fire* と略記）

Harry Potter and the Order of the Phoenix
(by J.K. Rowling)
Bloomsbury, 2003
ISBN: 978 1 4088 9475 0 12
（本文中では *Order of Phoenix* と略記）

Harry Potter and the Half-Blood Prince
(by J.K. Rowling)
Bloomsbury, 2005
ISBN: 978 1 4088 9476 7 12
（本文中では *Half-Blood Prince* と略記）

Harry Potter and the Deathly Hallows
(by J.K. Rowling)
Bloomsbury, 2007
ISBN: 978 1 4088 9474 3 12
（本文中では *Deathly Hallows* と略記）

『ハリー・ポッターと賢者の石』
1-1〜2
松岡佑子 訳　静山社
（本文中では書名を『賢者の石』と略記）

『ハリー・ポッターと秘密の部屋』
2-1〜2
松岡佑子 訳　静山社
（本文中では書名を『秘密の部屋』と略記）

『ハリー・ポッターとアズカバンの囚人』
3-1〜2
松岡佑子 訳　静山社
（本文中では書名を『アズカバンの囚人』と略記）

『ハリー・ポッターと炎のゴブレット』
4-1〜3
松岡佑子 訳　静山社
（本文中では書名を『炎のゴブレット』と略記）

『ハリー・ポッターと不死鳥の騎士団』
5-1〜4
松岡佑子 訳　静山社
（本文中では書名を『不死鳥の騎士団』と略記）

『ハリー・ポッターと半純血のプリンス』
6-1〜3
松岡佑子 訳　静山社
（本文中では書名を『半純血のプリンス』と略記）

『ハリー・ポッターと死の秘宝』
7-1〜4
松岡佑子 訳　静山社
（本文中では書名を『死の秘宝』と略記）

○本書は、J.K.Rowling またはワーナー・ブラザースのライセンスを受けて出版されたものではなく、本書著者および出版
　社は、J.K.Rowling またはワーナー・ブラザースとは関係ありません。
○『ハリー・ポッター』シリーズの文章・固有名詞などの著作権は、原作者の J.K.Rowling に、日本語訳は訳者の松岡佑子
　氏と翻訳出版元の静山社にあります。

ハリー・ポッターの「ことば学」

目次

はじめに　ハリーで「ことば学」の面白さを知る　2

第1章　ハリーを何て呼ぼうか ── 呼称を使い分ける
　1　登場人物をどう表現するか　12
　2　初めて言及する人を表すことば　14
　3　「名前で伝わるなら名前を用いよ」　18
　4　どう自己紹介するか　21
　5　名前の使い分け方　26
　6　ハリーを呼ぶことば　31

第2章　唱える呪文の伝え方 ── 描写のきめ細かさを変える
　1　魔法界の物を表すきめ細かさ　38
　2　種類の名称と個々の名前　41
　3　出来事を描写するきめ細かさ　46
　4　呪文の描写のきめ細かさ　51

第3章　「手伝おうか」をどう断る ── 円滑な会話の運び方
　1　話しながら行動する　56
　2　会話の基本──隣接ペア　60
　3　期待される応答　64
　4　受け入れと断り　66
　5　「質問」をめぐる多様な形　72
　6　そして会話は進む　78

第4章 「衣を見事に着こなす」とは ── 4種類の比喩
   1 比喩を観察する　82
   2「静かに降る雪のように」はシミリ（直喩）　86
   3「ウィーズリーしちゃう」はメトニミー（換喩）　90
   4「儀礼的な会話以上のもの」はシネクドキ（提喩）　95
   5「衣を見事に着こなす」はメタファー（暗喩）　100

第5章 「感謝しますわ、ロン！」の真意 ── アイロニーの魅力
   1 太郎はいい友達か　108
   2 怒りやあざけりの感情表現　112
   3 なにげない巧妙な表現　121
   4 ユーモアあふれる表現　125

第6章 スネイプは好きなの嫌いなの？
── メタ言語否定とその背景
   1 いつもと違う否定の使い方　132
   2 なぞなぞを解く鍵──メタ言語　134
   3 友人でも恋人ではなく──尺度含意　136
   4「嫌っているのでなく、憎んでいる」とは　139
   5 記憶に残る表現──メタ言語否定　142
   6 ナイとノデハナイ　145

おわりに　「ことば学」の魅力　150

装丁　坂田佐武郎
DTP　佐久間文雄

第1章

ハリーを何て呼ぼうか

―― 呼称を使い分ける ――

1 登場人物をどう表現するか

　みなさんは、自分の家族や友人のことをどのように呼んでいますか？また、その人のことを他の人に話す時には、どのようなことばを使っているでしょうか？それはいつも同じでしょうか？

　『ハリー・ポッター』の主人公は、Harry（ハリー）、Harry Potter（ハリー・ポッター）、a boy（男の子）、The Potter's son（ポッター家の息子）、that Harry Potter（あのハリー・ポッター）など、様々なことばで表現されています。そして、場面や文脈によって使い分けられています。では、登場人物を表すことばはどんな時にどんなことばが選ばれているでしょうか？それはなぜでしょうか？

　まず、この物語に最初に登場する人物について見てみましょう。物語の冒頭、飾りの中に（1-1）とある囲みの文章のように言及されています。
（＊囲みの中の下線と［　］内は引用者）

> <u>Mr and Mrs Dursley</u>, of number four, Privet Drive, were proud to say that they were perfectly normal, thank you very much. They were the last people you'd expect to be involved in anything strange or mysterious, because they just didn't hold with such nonsense.
>
> (*Philosopher's Stone*, p.1)
>
> 　プリベット通り四番地の住人<u>ダーズリー夫婦</u>は、「おかげさまで、私どもはどこから見てもまともな人間です」というのを自慢にしていた。不思議とか神秘とか、そんな非常識（常識的）なことはまるっきり認めない人種で、摩訶（まか）不思議な出来事が自分たちの周辺で起こるなんて、とうてい考えられなかった。
>
> (『賢者の石』1-1, p.5)

◆ 第1章 ◆ ハリーを何て呼ぼうか ── 呼称を使い分ける

　最初に登場したのは、両親を亡くしたハリーが預けられる家の夫婦です。最初の文に Mr and Mrs Dursley という名前が言及されています。ファミリーネームに Mr and Mrs という敬称が付いた形が用いられていますので、この2人が Dursley という姓を名乗る一家の夫婦であるということがすぐに理解できます。さらに、その後に住所を示す表現が付け加えられています。このようにして、作者は物語の舞台を設定し、そこに2人の人物を登場させ、その名前だけでなく、この夫婦がどんな人物なのかを伝えています。

　続く段落では、ダーズリー夫婦がそれぞれどんな人物なのかをさらに詳しく述べています。

　<u>Mr Dursley</u> was the director of a firm called Grunnings, which made drills. He was a big, beefy man with hardly any neck, although he did have a very large moustache. <u>Mrs Dursley</u> was thin and blonde and had nearly twice the usual amount of neck, which came in very useful as she spent so much of her time craning over garden fences, spying on the neighbours.

(Philosopher's Stone, p.1)

　<u>ダーズリー氏</u>は、工業用ドリルを製造しているグラニングズ社の社長だ。ずんぐりと肉づきがよい体型のせいで、首がほとんどない。そのかわり巨大な口ひげが目立っていた。奥さんのほうはやせて、金髪で、なんと首の長さが普通の人の二倍はある。垣根越しに近所の様子を詮索（せんさく）するのが趣味だったので、鶴のような首は実に便利だった。

(『賢者の石』1-1, p.5)

　作者はまずダーズリー氏について職業と役職を述べ、体型と首と顔の顕著な特徴を描写しています。彼がどのような見た目の人物なのかを想像することができます。次に、ダーズリー夫人についても、体型と髪色と首の長さと

13

いう身体的に顕著な特徴を描写しています。首の長さに関連づけて、彼女が日々どのように過ごしているかも述べています。このように、作者は登場人物の名前、性別、職業、容姿について述べることで、登場人物がどのような人物なのかを私達読者に紹介しています。私達が身元を確認するときに用いるのと同じ観点から情報が提供されています。

　一度人物の名前が紹介されると、次はその名前を言うだけで、読み手は誰のことか迷わず理解することができます。また、一度名前で呼んだ人物は、その後も引き続き同じ名前で呼ぶことができます。

初めて言及する人を表すことば

　私達はある人物に初めて言及するとき、聞き手が理解できるかどうかを考慮してことばを選んでいます。その人物の名前を用いて相手に伝わると思うなら、その名前を用いることができます。Prince（1992）から例を引用しましょう。（1-3）の話者は、ペンシルバニア大学に所属する研究者で、カリフォルニア大学の研究者に電話をかける予定です。東海岸と西海岸では時差がありますので、お昼になってから電話をしようと思っている、ということを誰かに伝えようとするとき、その会話の相手によって表現が使い分けられると言われています。同じ分野の研究者に話すなら、Sandy Thompson という研究者を知っていると想定して、次のように名前を用いることができます。

I'm waiting for it to be noon so I can call Sandy Thompson.

(Prince 1992)

　一方、同じ情報を伝えるときでも、例えば、家の近所の人に話すときなど、Sandy Thompson という言語学者の名前を言っても誰のことか理解できそうにない場合には、名前は使わず、（1-4）のように someone in California のような不定名詞句を用いるのがよいでしょう。名前を用いて someone called Sandy Thompson と言うことも文法的には可能ですが、someone in

◆ 第1章 ◆ ハリーを何て呼ぼうか ―― 呼称を使い分ける

California と言う方が、時差を考慮して電話をかける時間を待っているということを伝える文脈に合った表現になります。

I'm waiting for it to be noon so I can call someone in California.

(Prince 1992)

このように、同じ情報を伝えようとする発言でも、人物をどのように表現するのかは、聞き手の知識をどう見積もるかによって変わってきます。

物語の読者は、登場人物をあらかじめ知っているわけではありません。そのため、作者は、物語の舞台に初めて人物を登場させるときには、通常、読者はその人物のことを知らないと想定して表現を選びます。具体例を見てみましょう。

<u>A man</u> appeared on the corner the cat had been watching, appeared so suddenly and silently you'd have thought he'd just popped out of the ground. The cat's tail twitched and its eyes narrowed.

Nothing like this man had ever been seen on Privet Drive. He was tall, thin, and very old, judging by the silver of his hair and beard, which were both long enough to tuck into his belt. He was wearing long robes, a purple cloak which swept the ground, and high-heeled, buckled boots. His blue eyes were light, bright, and sparkling behind half-moon spectacles and his nose was very long and crooked, as though it had been broken at least twice. <u>This man's name was Albus Dumbledore.</u>

(*Philosopher's Stone*, p.9)

猫が見つめていたあたりの曲がり角に、<u>一人の男</u>が現れた。あまりにも突然に、あまりにもスーッと現れたので、地面からわいて出たかと思えるほどだった。猫はしっぽをピクッとさせて、目を細めた。

15

こんな人、プリベット通りでは絶対見かけるはずがない。ひょろりと背の高い、髪や顎ひげの白さから見て相当の年寄りだ。髪もひげもあまりに長いので、ベルトに挟み込んでいる。ゆったりと長いローブの上に、地面を引きずるほどの長い紫のマントをはおり、踵の高い、留め金飾りのついたブーツをはいている。淡いブルーの眼が、半月形のメガネの奥でキラキラ輝き、高い鼻が途中で少なくとも二回は折れたように曲がっている。この人の名は、アルバス・ダンブルドア。

(『賢者の石』1-1, p.17)

　作者は、この人物を導入するとき、a man（1人の男）という不定名詞句（a+名詞）を用いています。同じ文内の猫には the cat という定名詞句（the+名詞）を用いていますので、この猫はすでに読者が知っているものとして登場しています。一方、a man が伝えているのは、未知の人物が登場したということと、しかもその人物をその場で見たとしても男性（人間）という以外に表現しようがないということです。その後、作者はこの人物の容姿や服装、顔（目鼻）を描写して、「プレイベット通りでは絶対見かけるはずがない」人物であることを印象づけています。こうして、どんな人物なのかを描写した後で、This man's name was Albus Dumbledore.（この人の名は、アルバス・ダンブルドア）と述べ、この人物の名前を明らかにしています。

　このように『賢者の石』の第1章で初めて登場したアルバス・ダンブルドアでしたが、第6章で再登場する場面を見てみましょう。ハリーがホグワーツに向かう汽車の車内販売で買った「蛙チョコ」というお菓子の袋を空けたときです。

　Harry unwrapped his Chocolate Frog and picked up the card. It showed a man's face. He wore half-moon glasses, had a long, crooked nose and flowing silver hair, beard and mustache. Underneath the picture was the name *Albus Dumbledore*.

◆ 第1章 ◆ ハリーを何て呼ぼうか —— 呼称を使い分ける

'So this is Dumbledore!' said Harry.

'Don't tell me you'd never heard of Dumbledore!' said Ron.

(*Philosopher's Stone*, p.109)

ハリーは蛙チョコの包みを開けてカードを取り出した。男の顔だ。半月形のメガネをかけ、高い鼻は鉤鼻で、流れるような銀色の髪、顎ひげ口ひげを蓄えている。写真の下に「アルバス・ダンブルドア」と書いてある。

「この人がダンブルドアなんだ！」

ハリーが声を上げた。

「ダンブルドアのこと、知らなかったの！［…］」

(『賢者の石』1-1, p.171)

　ここでは、ダンブルドアの2度目の登場場面でありながら不定名詞句の a man が使われています。（1-5）でダンブルドアが最初に登場したときに、すでに名前まで明らかにされているのに、なぜここでは a man という表現が使われているのでしょうか。それは、私達にとってはすでに知っている人物であっても、ハリーにとっては、始めて顔を見た人物であり、カードに書かれている名前を見るまでは、写真の人物がダンブルドアだとは認識できていなかったからです。（1-6）のダンブルドアは写真を見つめるハリーの目線で描写されています。

　では、この2つの場面をもう少し比較してみましょう。（1-5）でダンブルドアが私達読者の前に登場したとき、頭から足下まで全身が描写された後、メガネ、鼻、髪色、髭といった顔の特徴が紹介されていました。まるで、そばにいた猫が目を細めて見ていた光景を私達も一緒に見ているかのように描写されています。一方、（1-6）では、ハリーが手に取って見ているカードに写った人物を描写していますので、顔の特徴が中心に描かれています。このように、同じ人物が登場した二つの場面ですが、誰の視点から捉えたものなのかによって、描写の方法が異なっています。

17

ではここで（1-1）に挙げた Mr and Mrs Dursley について、再び考えてみたいと思います。作者は、物語の冒頭で、読者がこの人物の存在を知らない時からその２人の名前に言及しています。通常、名前で誰のことかを相手が認識できると想定しているときに名前を用いますが、(1-1)で作者は読み手が知らない架空の人物を舞台に登場させると同時に、この人物の名前を読み手に知らせています。そうすることによって、作者は読者に、登場人物があたかも物語の舞台上にすでに存在していたかのように感じさせることができます。作者はこのように読者を引きつける効果を狙って、人物の表現方法を工夫しています。

3　「名前で伝わるなら名前を用いよ」

　私達は普段の会話で、ある人のことを誰かに話すとき、その人が誰なのか、どんな人なのかを相手に理解してもらえるようにことばを選択しています。一般に、名前で誰のことなのか相手に伝わるようなら名前を用いることができます。(1-7)を見てみましょう。ロンは、Snape、Fred、George、Hagrid という名前を用いていますが、聞き手のハリーにもこの人達が誰なのかが通じると思っています。

'Cheer up,' said Ron. 'Snape's always taking points off Fred and George. Can I come and meet Hagrid with you?'

(*Philosopher's Stone*, p.149)

「元気出せよ」ロンが言った。
「フレッドもジョージもスネイプにはしょっちゅう減点されてるんだ。ねえ、一緒にハグリッドに会いにいってもいい？」

（『賢者の石』1-1, p.231）

◆ 第1章 ◆ ハリーを何て呼ぼうか ── 呼称を使い分ける

　会話分析者の Emanuel A. Schegloff（1996）は、話し手が聞き手以外の人物に初めて言及するとき、名前を用いてその名前が誰のことか聞き手が認識できるなら、名前を用いるのがよい、という原則にそって人を表すことばを選択しているとし、その証拠事例として、次のような日常会話のやりとりを挙げています。（＊ここでの［　］は、2人が同時に話したことを表しています）

1-8

Mark: So (are) you dating Keith?
　　　　(1.0)
Karen: He's a friend.
　　　　(0.5)
Mark: What about that girl he used to go with for so long.
Karen: Alice? I [don't-] they gave up.
Mark:　　　　　[(mm)]

(Schegloff 1996: SN-4, 16:2-20 (partial) 一部改変)

マーク：それで君はキースとつきあってるの？
　　　　（1.0秒の沈黙）
カレン：彼は友達。
　　　　（0.5秒の沈黙）
マーク：前に彼が長く一緒にいたあの女性はどうしてる？
カレン：アリスのこと？［私は-］あの人達は別れたよ。
マーク：　　　　　　　［(そう)］

（和訳は引用者）

　(1-8) の後半で、マークは、キースが前に付き合っていた人について尋ねるとき、名前ではなく that girl he used to go with for so long という説明的な表現を用いています。すると、それはアリスのことではないかと思ったカレンは、Alice?（アリスのこと？）と尋ね、マークは (mm)「そう」と認

19

めています。カレンは、マークの質問の後にすぐに返答だけをすることもできましたが、わざわざ Alice の名前を持ち出して確認しようとしていることから、本来マークはアリスの名前に言及すべきだったが名前が言えなかったかため、that girl he used to go with fer so long と言ったのだと理解したことが分かります。カレンは、聞き手が名前で認識できると想定するなら名前を用いるのがよい、という原則にのっとった行動をとっています。

　ある人の正確な名前を思い出せずに、相手に名前を教えてもらうということはよくある現象です。『賢者の石』では、これに近いやりとりが次のような場面に見られます。ダーズリー氏は、街で出会った集団がささやいていたポッター家の息子ハリーという人物が甥のことだったら一大事だと思い、甥の名前が Harry（ハリー）だったかどうか、妻に確認しようとしています。

1-9

'Their son — he'd be about Dudley's age now, wouldn't he?'

'I suppose so,' said Mrs. Dursley stiffly.

'What's his name again? <u>Howard</u>, isn't it?'

'<u>Harry</u>. Nasty, common name, if you ask me.'

(Philosopher's Stone, pp.7-8)

「あそこの息子だが……たしかうちのダドリーと同じくらいの年じゃなかったかね？」

「そうかも」

「なんという名前だったか……。たしか<u>ハワード</u>だったかな」

「<u>ハリー</u>よ。私に言わせりゃ、下品でありふれた名前ですよ」

（『賢者の石』1-1, p.15）

　ダーズリー氏はわざと間違った名前を言うことで、妻から正確な名前を聞き出すことができました。

◆ 第1章 ◆ ハリーを何て呼ぼうか ── 呼称を使い分ける

 4 どう自己紹介するか

　私達は初対面の人には自己紹介をします。お互いの名前を共有することによって、その後は名前で呼び合うことができるようになります。ハリーがホグワーツへ向かう汽車の中で、ロンやハーマイオニーと初めて会話する場面ではどのようなやりとりがされていたでしょうか。ハリーが座っているコンパートメントに2人がやって来る場面を見てみましょう。

　まずロンです。実は、ハリーは汽車に乗る前に、キングス・クロス駅のホームですでにロンとその家族に出会っていました。ただ、ハリーとロンが面と向かって話をするのは次の場面が初めてです。すでにハリーと会っているロンの双子の兄のフレッドとジョージは、自ら自己紹介を行い、自分たちだけでなく弟の名前も紹介しています。

The door of the compartment slid open and the youngest red-headed boy came in.

'Anyone sitting there?' he asked, pointing at the seat opposite Harry. 'Everywhere else is full.'

Harry shook his head and the boy sat down. He glanced at Harry and then looked quickly out of the window, pretending he hadn't looked. [...]

'Harry,' said the other twin, 'did we introduce ourselves? Fred and George Weasley. And this is Ron, our brother. See you later, then.'

'Bye,' said Harry and Ron.

(*Philosopher's Stone*, pp.104-105)

コンパートメントの戸が開いて、あの一団の一番年下の赤毛の男の子が入ってきた。

「ここ空いてる？」

ハリーの向かい側の席を指した。

「ほかはどこもいっぱいなんだ」

ハリーがうなずいたので、男の子は席に腰掛け、ちらりとハリーを見たが、何も見なかったようなふりをして、すぐに窓の外に目を移した。［…］

「ハリー」双子のもう一人が言った。

「自己紹介したっけ？おれたち、フレッドとジョージ・ウィーズリーだ。こいつは弟のロン。じゃ、またあとでな」

(『賢者の石』1-1, p.164)

　ロンのことは the youngest red-headed boy（あの一団の一番年下の赤毛の男の子）と表現されています。ドアが開いた後、この男の子が入ってきたという叙述がありますので、この描写はコンパートメントに座っているハリーの視点からなされたものであることが分かります。ハリーは、この男の子が

22

◆ 第1章 ◆ ハリーを何て呼ぼうか —— 呼称を使い分ける

駅で会った男の子だと気づきます。ロンを表す表現には、「the + 名詞」の形式が用いられており、存在が分かっている人物だということが示されています。翻訳では、最初にハリーがロンと出会った場面を思い起こさせるような「あの一団の」という表現が使用されています。

　そのハリーがロン、フレッド、ジョージと駅で初めて出会う場面を見てみましょう。

　At that moment a group of people passed just behind him and he caught a few words of what they were saying.
　'— packed with Muggles, of course —'
　Harry swung round. The speaker was a plump woman who was talking to four boys, all with flaming red hair. Each of them was pushing a trunk like Harry's in front of him — and they had an *owl*.

(*Philosopher's Stone*, p.98)

　そのとき、ハリーの後ろを通り過ぎた一団があった。ハリーの耳にこんな言葉が飛び込んできた。
　「……マグルで混み合ってるわね。当然だけど……」
　ハリーは急いで後ろを振り返った。ふっくらした婦人が、揃いもそろって燃えるような赤毛の少年四人に話しかけていた。みなハリーと同じようなトランクを押しながら歩いている……それに、ふくろうが一羽いる。

(『賢者の石』1-1, pp.153-154)

　駅にいた群衆の中からマグル（Maggle）ということばが聞こえてきたため、ハリーが振り返ると一団の人々（a group of people）がいました。その後、その発話者がふっくらとした女性であり、赤毛の4人の男の子と話していたことが、ハリーの目を通して描写されています。最初は人の集団として描写され、次にその中の人々に焦点が当たっています。ですが、その人達の名前

23

までは言及されておらず、見た目の顕著な特徴だけが述べられています。

　この後、ハリーがそのふっくらした婦人に話しかけると、その婦人の口から「ロン」という名前が出てきました。ちなみに、最初に a plump woman（ふっくらした婦人）と言及されていた婦人は今回 the plump woman（ふっくらおばさん）と表現されています。

'Excuse me,' Harry said to the plump woman.
'Hullo, dear,' she said. 'First time at Hogwarts? Ron's new, too.'
She pointed at the last and youngest of her sons. He was tall, thin, and gangling, with freckles, big hands and feet, and a long nose.

(*Philosopher's Stone*, p.99)

「すみません」
　ハリーはふっくらおばさんに話しかけた。
「あら、こんにちは。坊や、ホグワーツへははじめて？ ロンもそうなのよ」
　おばさんは最後に残った男の子を指さした。背が高く、やせて、ひょろっとした子で、そばかすだらけの上に、手足が大きく、鼻が高かった。

（『賢者の石』1-1, p.155）

　ハリーはこのとき初めて「ロン」という名前を聞きました。ふっくらおばさんのことばからだけでは、誰のことか分かりませんが、ハリーはおばさんの指さしを見ることによって誰のことかが分かります。また、作者はおばさんが指さした人物を the last and the youngest of her sons と描写しているため、読者も Ron が集団の中のどの子なのかを理解することができます。その後、ロンの身体と顔の特徴が描写されています。

　次に、ハリーがハーマイオニーに初めて出会う場面を見てみましょう。こちらもハリーが座っているコンパートメントの内部から見て、ドアを開けて

◆ 第1章 ◆ ハリーを何て呼ぼうか ── 呼称を使い分ける

入ってくる人を描写しています。ヒキガエルを探している子と女の子がやってきました。ハーマイオニーを最初に導入する時は、a girl という表現が使用されています。

The toadless boy was back, but this time he had a girl with him. She was already wearing her new Hogwarts robes.

'Has anyone seen a toad? Neville's lot one,' she said. She had a bossy sort of voice, lots of bushy brown hair, and rather large front teeth.[...]

'[...] Nobody in my family's magic at all, it was ever such a surprise when I got my letter, but I was ever so pleased, of course, I mean it's the very best school of witchcraft there is, I've heard — I've learnt all our set books off by heart, of course, I just hope it will be enough — I'm Hermione Granger, by the way, who are you?'

She said all this very fast.

Harry looked at Ron and was relieved to see by his stunned face that he hadn't learnt all the set books off by heart either.

'I'm Ron Weasley,' Ron muttered.

'Harry Potter,' said Harry.

'Are you really?' said Hermione. 'I know all about you, of course — I got a few extra books for background reading, and you're in *Modern Magical History* and *The Rise and Fall of the Dark Arts* and *Great Wizarding Events of the Twentieth Century*."

(*Philosopher's Stone*, pp.112-113)

カエルに逃げられた子が、今度は女の子を連れて現れた。少女はもう新調のホグワーツ・ローブに着替えている。

「だれかヒキガエルを見なかった？ネビルのがいなくなったの」

なんとなく威張った話し方をする女の子だ。栗色の髪がフサフサし

25

> て、前歯がちょっと大きかった。[…]
>
> 「[…]私の家族に魔法族はだれもいないの。だから、手紙をもらったとき、すごく驚いた。でももちろんうれしかったわ。だって、最高の魔法学校だって聞いているもの……教科書はもちろん、全部暗記したわ。それだけで足りるといいんだけど……<u>私、ハーマイオニー・グレンジャー</u>。あなた方は？」
>
> 少女は一気にこれだけを言ってのけた。
>
> ハリーはロンの顔を見てホッとした。ロンも、ハリーと同じく教科書を暗記していないらしく、唖然(あぜん)としていた。
>
> 「<u>僕、ロン・ウィーズリー</u>」 ロンはもごもご言った。
>
> 「<u>ハリー・ポッター</u>」
>
> 「えっ？ほんとに？私、もちろんあなたのこと全部知ってるわ。─参考書を二、三冊読んだの。あなたのこと、『近代魔法史』『闇の魔術の興亡』『二十世紀の魔法大事件』なんかに出てるわ」
>
> 　　　　　　　　　　　　　　　　　（『賢者の石』1-1, pp.175-177）

　ハーマイオニーは、もう魔法学校の制服に着替えているところをみると、かなり用意周到な人であることがわかります。彼女が早口でしゃべるので、自然と口元（前歯）に目が行くのかもしれません。彼女自身のことばから、マグル出身で、教科書を暗記するほどの勉強家であることがうかがえます。ここで、ハーマイオニーは、自分が本で名前を知っていた人と実際に対面するという経験をしています。普通は相手が知らない情報を提供するのが自己紹介ですが、ハリーは自分の名前を言っただけで、ハリーのことを全部知っていると言われてしまいます。ハリーは有名人になっていたため、ちょっと普通でない状況が起こっています。

 ## 5　名前の使い分け方

　第3節で述べた「名前で伝わるなら名前を用いよ」の原則に反するような

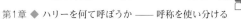

現象も見られます。まず（1-14）を見ましょう。ハリーがダーズリー家に預けられる日、家の前にトラ猫がいました。その猫にダンブルドアは声をかけます。

'Fancy seeing you here, <u>Professor McGonagall</u>.'
He [Dumbredore] turned to smile at the tabby, but it had gone. Instead he was smiling at <u>a rather severe-looking woman</u> who was wearing square glasses exactly the shape of the markings the cat had had around its eyes. She, too, was wearing a cloak, an emerald one. Her black hair was drawn into a tight bun. She looked distinctly ruffled.

(*Philosopher's Stone*, p.10)

「<u>マクゴナガル先生</u>、こんなところで奇遇じゃのう」
　トラ猫に顔を向け、ほほえみかけると、猫はすでに消えていた。かわりに<u>厳格そうな女の人</u>が、あの猫の目のまわりにあった縞模様とそっくりの四角いメガネをかけて座っていた。やはりマントを、しかもエメラルド色のを着ている。黒い髪をひっつめて、小さなシニオンを作っている。

（『賢者の石』1-1, p.18）

　ダンブルドアはマクゴナガル先生の姿が見える前に、Professor McGonagall という名前で呼びかけています。猫にしては不思議な名前だな、と思いますが、次の瞬間、猫がいなくなった代わりに a rather severe-looking woman（厳格そうな女の人）が現れたことから、Professor McGonagall とはこの女の人の呼称であるということが分かります。そして、マクゴナガル先生という人物が猫に化けていたのだということに気づきます。しかも、ダンブルドアは、そのことを見抜いていたということも明らかになります。つまり、ダンブルドアとマクゴナガル先生との間では、「名前で伝わるなら名前を用いよ」の原則が守られていたということになります。この場面は、マクゴナガル先生の変身術だけ

でなく、ことばの上でもトリックが仕掛けられていて、とても面白く印象に残るものとなっています。

次に、You-Know-Who（例のあの人）という呼称について取り上げたいと思います。この表現は固有名詞に似た形をしていますが、you know who（あなたがだれだか分かる人）という意味を持っています。You-Know-Who と言えば誰のことなのか、皆がわかっています。ただ、多くの人はその名前を言おうとはしません。あえて名前を伏せています。言いたくないのです。例えば（1-15）のハグリッドがハリーに過去のいきさつを話して聞かせる場面でもその様子が窺えます。

[...] 'It begins, I suppose, with — with a. a person called — but it's incredible yeh don't know his name, everyone in our world knows —'
'Who?'
'Well — I don' like sayin' the name if I can help it. No one does.'
'Why not?'
'Gulpin' gargoyles, Harry, people are still scared. Blimey, this is difficult. See, b. there was this wizard who went ... bad. As bad as you could go. Worse. Worse than worse. c. His name was ...'
Hagrid gulped, but no words came out.
'Could you write it down?' Harry suggested.
'Nah — can't spell it. All right — d. *Voldemort*.' Hagrid shuddered.

(*Philosopher's Stone*, pp.58-59)

「事の起こりは、ある魔法使いからだと言える。a. 名前は……こりゃいかん。おまえはその名を知らん。我々の世界じゃみんな知っとるのに……」
「だれなの？」
「さて……できれば名前を口にしたくないもんだ。だれもがそうなん

◆ 第1章 ◆ ハリーを何て呼ぼうか —— 呼称を使い分ける

> じゃが」
> 「どうしてなの？」
> 「どうもこうも、ハリーや、みんな、いまだに恐れとるんだよ。いやはや、こりゃ困った。いいかな、b.ある魔法使いがおってな、悪の道に走ってしまったわけだ……悪も悪、とことん悪、悪よりも悪とな。c.その名は……」ハグリッドは一瞬息を詰めた、が、言葉にならなかった。
> 「名前を書いてみたら？」ハリーが促した。
> 「うんにゃ、名前の綴りがわからん。言うぞ、それっ！ d.ヴォルデモート」ハグリッドは身震いした。
>
> (『賢者の石』1-1, pp.92-93)

　ハグリッドは、（1-15a）で、You-Know-Who とは誰のことか "a person called ～" という形で名前に言及しようとしますが、言葉につまってしまいます。ハグリッドは誰もが知っている名前だと言いますが、ハリーに教えるためには、名前を言わないといけません。でも言いたくないと伝えます。(1-15b) では、there 構文を用いて、改めてこの人物に言及しようとします。この「this + 名詞」の形は、新しい人物を導入するときに用いられる会話に特有の用法で、「a + 名詞」に置き換えることもできます。ハグリッドは、その魔法使いは悪の道に入ってしまったと伝えます。(1-15c) で再びハグリッドは名前を言おうとしますが、ことばにならず、意を決して（1-15d）でやっと Voldemort という名前を言うことができました。しかし、身震いするほど怖がっています。

　Voldemort という名前があるにもかかわらず、魔法界の人々は You-Know-Who と呼び続けてきました。誰もが You-know-Who とはヴォルデモートだという共通認識を持っています。英語の「that + 名詞」の形式も、話し手と聞き手とが共通認識を持っている人や物に用いられます。例えば、(1-16) でロンはハグリッドが管理している三頭犬のことを、彼に that dog ということばで伝えています。どの犬のことを意味するのかハグリッドも理解できると想定しています。

29

1-16

'*And* we know what that dog's guarding, it's a Philosopher's St —'
(*Philosopher's Stone*, p.247)

「あの犬がなにを守っているかも知ってるよ。『賢者のい―』」
(『賢者の石』1-2, p.113)

この犬には、(1-17) でハリーがそう呼んでいるように、「フラッフィー」という名前があります。

1-17

'There are a few things we wanted to ask you, as a matter of fact,' said Harry, 'about what's guarding the Stone apart from Fluffy —'
(*Philosopher's Stone*, p.247)

「［…］ハグリッドに聞きたいことがあるんだけど。フラッフィー以外にあの石を守っているのはなんなの」ハリーが聞いた。
(『賢者の石』1-2, p.113)

That dog も You-Know-Who も、名前を言わずに会話者間で誰(何)を意味しているのかが分かるという点では共通しています。しかし、You-Know-Who は、名前を言いたくないために、あたかも別名であるかのように使っているという点が異なります。つまり、「You-Know-Who で伝わるようなら You-Know-Who を用いよ」という特殊な原則がこれを使う人々の間では成り立っています。

他方 (1-18) に示すように、ダンブルドアは本来「名前」を使うべきであるのに You-Know-Who という表現が定着していることをよろしくないと思っています。

◆ 第1章 ◆ ハリーを何て呼ぼうか —— 呼称を使い分ける

1-18

'It all gets so confusing if we keep saying "You-Know-Who". I have never seen any reason to be frightened of saying Voldemort's name.'

(*Philosopher's Stone*, p.11-12)

「『例のあの人』などと呼び続けたら、混乱するばかりじゃよ。ヴォルデモートの名前を口に出すのが恐ろしいなんて、理由がないじゃろうが」

(『賢者の石』1-1, p.21)

ダンブルドアも、You-Know-Who と言うことが「名前で伝わるなら名前を用いよ」の原則に反するものであるということを認めています。

6　ハリーを呼ぶことば

最後に、ハリーを呼ぶことばについて見ましょう。(1-19) では、ダンブルドアとマクゴナガル先生が、ハグリッドが抱えてきたブランケットをのぞき込みます。中で赤ん坊がぐっすり眠っています。ダンブルドアやマクゴナガル先生も、その赤ん坊がハリーだということは知っているはずですが、名前が言及されていないのは、なぜでしょうか。

1-19

Dumbledore and Professor McGonagall bent forward over the bundle of blankets. Inside, just visible, was a. a baby boy, fast asleep. Under a tuft of jet-black hair over his forehead they could see a curiously shaped cut, like a bolt of lightning. [...]

Dumbledore took b. Harry in his arms and turned toward the Dursley's house.

'Could I — could I say good-bye to him, sir?' asked Hagrid.

He bent his great, shaggy head over c. Harry and gave him what must

31

have been a very scratchy, whiskery kiss.

(*Philosopher's Stone*, p.16)

ダンブルドアとマクゴナガル先生は毛布の包みの中をのぞき込んだ。かすかに、a. 男の赤ん坊が見えた。ぐっすり眠っている。漆黒(しっこく)のふさふさした前髪、そして額(ひたい)には不思議な形の傷が見えた。稲妻のような形だ。[…]

ダンブルドアは b. ハリーを腕に抱き、ダーズリーの家に向かおうとした。

「あの……先生、お別れのキスをさせてもらえねえでしょうか？」ハグリッドが頼んだ。

大きな毛むくじゃらの顔を c. ハリーに近づけ、ハグリッドはチクチク痛そうなキスをした。

(『賢者の石』1-1, pp.28-29)

ダンブルドアもマクゴナガル先生もハグリッドがハリーを連れてくることは分かっていましたが、ハリーの顔を見るのは初めてでした。そのため、（1-19a）では、彼らの行動目線から、毛布の中をのぞきこんだらそこにいたのは男の赤ん坊だったと述べています。赤ん坊は毛布にくるまっていますので、顔、特に前髪とその傷に目がいきます。（1-19c）でハグリッドも同じように赤ん坊の顔をのぞき込んでお別れのキスをしますが、ファースト・ネームが用いられています。（1-19b）で、ダンブルドアが腕に抱くときも、ファースト・ネームが使われています。ファースト・ネームの使用が、ダンブルドアとハグリッドのハリーへの愛情深さを示すのに功を奏しています。

ファースト・ネームで呼ぶということが、近しい関係性を表すということがわかる場面があります。（1-20）では、ハリーは、グリフィンドール寮の点数を減らしてしまったので、落ち込み、クディッチを辞めたいと申し出ていました。ハリーは自分のことを名前で呼んでもらえないことの辛さを味わいます。

◆ 第1章 ◆ ハリーを何て呼ぼうか ―― 呼称を使い分ける

But even Quidditch had lost its fun. The rest of the team wouldn't speak to Harry during practice, and if they had to speak about him, they called him 'the Seeker'.

(*Philosopher's Stone*, p.263)

しかし、もうクディッチでさえ楽しくはなかった。練習中、他の選手はハリーに話しかけようともしなかったし、どうしてもハリーと話をしなければならないときでも「シーカー」としか呼ばなかった。

(『賢者の石』1-2, p.139)

　仲間がハリーのことについて話すとき、「シーカー」という役割名でしか呼んでもらえなくなっていました。ファースト・ネームで呼んでもらえないほど疎遠になってしまったということを意味しています。

　では、フルネームはどのように使用されているでしょうか。魔法学校の新入生の組み分けの儀式では、ひとりひとりがフルネームで呼ばれていました。フルネームは、正式な名前、公の名前という色合いが濃いです。すでに見たように、ハリー、ロン、ハーマイオニーの自己紹介もフルネームで行われていました。アルバス・ダンブルドアが初めて登場した時もフルネームが使われていました。

　『賢者の石』の第1章の最後の場面では、（1-21a）のように、ダーズリー家の玄関にひとり置かれた赤ん坊のハリーをフルネームで表しています。ハリーは有名な子どもだということが伝えられた後です。また、（1-21b）のように、最後の文の魔法界の人々の乾杯のことばの中でもフルネームが用いられています。

a. Harry Potter rolled over inside his blankets without waking up. One small hand closed on the letter beside him and he slept on, not knowing

33

he was special, not knowing he was famous, not knowing he would be woken in a few hours' time by Mrs Dursley's scream as she opened the front door to put out the milk bottles, nor that he would spend the next few weeks being prodded and pinched by his cousin Dudley...He couldn't know that at this very moment, people meeting in secret all over the country were holding up their glasses and saying in hushed voices: 'To b. Harry Potter — the boy who lived!'

(*Philosopher's Stone*, p.18)

a.赤ん坊は眠ったまま、毛布の中で寝返りを打った。片方の小さな手が、わきに置かれた手紙をにぎった。自分が特別だなんて知らずに、有名だなんて知らずに、a.ハリー・ポッターは眠り続けている。数時間もすれば、ダーズリー夫人が戸を開けてミルクの空き瓶を外に出そうとしたとたん、悲鳴を上げるだろう。その声でハリーは目を覚ますだろう。それから数週間は、いとこのダドリーに小突かれ、つねられることになるだろうに……そんなことはなにも知らずに、赤ん坊は眠り続けている……ハリーにはわかるはずもないが、こうして眠っているこの瞬間に、国中の人が、あちこちでこっそりと集まり、杯を挙げ、ヒソヒソ声でこう言っているのだ。

　「生き残った男の子、b.ハリー・ポッターに乾杯！」

(『賢者の石』1-1, p.32)

　魔法界の人々は皆ハリーのことをポッター家で一人だけ生き残った男の子と認識していて、ハリーは有名人になっていました。したがって、（1-21b）の乾杯の発声では、公的な性質をもつフルネームの使用がふさわしいと思われます。一方で、まだ1歳の赤ん坊のハリーは、自分が有名になっていることも明日からの暮らしが多難であることも知らずにすやすやと眠っています。（1-21a）ではフルネームを使うことによって、ハリー・ポッターはまだ純真無垢の赤ん坊なのに、すでに有名人として重い運命を背負わされてし

まったことへの切なさを効果的に表現しています。このことは「赤ん坊」と「ハリー・ポッター」という2種類の呼称を活用した翻訳でも見事に伝えられています。

　本章では登場人物の呼称がどのように使用されているのか観察しました。作者は、ある人物を物語の舞台に初めて登場させるとき、基本的には、その人物を読者が知らないと想定して呼称を選択しています。

　会話に見られる「名前で伝わるなら名前を用いよ」という原則が、この物語の登場人物達のやりとりにも当てはまるということを確認しました。一方で、こういった原則に反するような表現を用いて、読者を物語の世界に引き込む工夫をしたり、人物を捉える目線の違いによって、呼称の選択や人物描写の仕方を変化させて、物語に深みを出していることも分かりました。作者は、呼称表現を用いて登場人物がどのような人物であるのかを読者に理解させるだけでなく、物語を劇的に語るための手段として様々な呼称表現を使い分けているのです。

《引用文献》

Prince, E. 1992. "The GPZ Letter: Subjects, Definiteness, and Information-Status," In Thompson, S. and Mann. W.（eds.）*Discourse Description: Diverse Linguistic Analyses of a Fund Raising Text*, Philadelphia/Amsterdam: John Benjamins, pp.295-325.

Schegloff, E. A. 1996. "Some Practices for Referring to Persons in Talk-in-Interaction: A Partial Sketch of a Systematics," In B. A. Fox（ed.）*Studies in Anaphora*, Amsterdam/Philadelphia: John Benjamins, pp.437-485.

第2章

唱える呪文の伝え方
―― 描写のきめ細かさを変える ――

1　魔法界の物を表すきめ細かさ

　私達は、自分が見聞きしたことを誰かに伝えようとするとき、どのくらい詳細に話したらよいのかを意識して、ことばを選んでいます。例えば、学校で起った出来事を家族に話そうとするとき、自分のことばで伝えようとします。あるいは、友人の言ったことばをそのままリアルに演じることもあるでしょう。『ハリー・ポッター』の作者は、登場人物たちが見聞きした物事や経験した出来事をどのように私達読者に伝えてくれているでしょうか。本章では、描写のきめ細かさという観点から、作者の選んだことばづかいに注目します。

　『ハリー・ポッター』には、私達の日常生活には存在しないようなものがたくさん登場します。例えば、ハリーがホグワーツへ向かう汽車の中で、車内販売されている魔法界のお菓子を初めて目にする場面を見てみましょう。

> He had never had any money for <u>sweets</u> with the Dursleys and now that he had pockets rattling with gold and silver he was ready to buy as many <u>Mars Bars</u> as he could carry — but the woman didn't have <u>Mars Bars</u>. What she did have were <u>Bertie Bott's Every-Flavor Beans</u>, <u>Drooble's Best Blowing Gum</u>, <u>Chocolate Frogs</u>, <u>Pumpkin Pasties</u>, <u>Cauldron Cakes</u>, <u>Licorice Wands</u>, and <u>a number of other strange things Harry had never seen in his life</u>. Not wanting to miss anything, he got some of everything and paid the woman eleven silver Sickles and seven bronze Knuts.
>
> (*Philosopher's Stone*, pp.107-108)

　ダーズリー家では甘い物を買うお金なんか持たせてもらったことがなかった。でもいまはポケットの中で金貨や銀貨がジャラジャラ鳴っ

◆ 第2章 ◆ 唱える呪文の伝え方 —— 描写のきめ細かさを変える

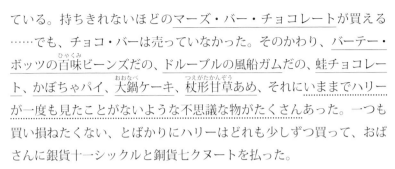

ている。持ちきれないほどのマーズ・バー・チョコレートが買える……でも、チョコ・バーは売っていなかった。そのかわり、バーテー・ボッツの百味ビーンズだの、ドルーブルの風船ガムだの、蛙チョコレート、かぼちゃパイ、大鍋ケーキ、杖形甘草あめ、それにいままでハリーが一度も見たことがないような不思議な物がたくさんあった。一つも買い損ねたくない、とばかりにハリーはどれも少しずつ買って、おばさんに銀貨十一シックルと銅貨七クヌートを払った。

（『賢者の石』1-1, p.169）

　ハリーは自由に使えるお金を得て、ダーズリー家では与えてもらえなかったsweets（甘い物）を存分に買うことができると期待をふくらませています。チョコ・バーの数で換算すると、持ちきれないほどたくさん買うことができるというのです。「甘い物」と翻訳されているように、sweetsは、甘い物をざっくりひとまとめに表したことばです。したがって、sweetsと呼ぶことができるものは、さらに細かく分類することができ、「チョコレート」や「キャラメル」のようにそれぞれを別の名称で呼ぶことができるということになります。「チョコ・バー」もその一種になります。

　残念ながら車内販売でチョコ・バーは売っていませんでしたが、ハリーはまだ見たことも食べたこともないお菓子をたくさん目にします。そのお菓子には、Bertie Bott's Every-Flavor Beans や Drooble's Best Blowing Gum のように菓子メーカーの名前が付いているものや、Chocolate Frogs, Pumpkin Pasties, Cauldron Cakes, Licorice Wands のように原材料が想像できるようなものもある一方で、frog（蛙）、caudron（大鍋）、wands（杖）のように何やら魅惑的なものの名前が付いているものもあります。いったいどんなお菓子なのでしょう。ハリーだけでなく私達もわくわくした気分になります。

　また、a number of other strange things Harry had never seen in his life という表現は、お菓子のひとつひとつを細かく描写しているわけではありませんので、そういう意味では sweets（甘い物）と同様に、全体をひとまとめに表した表現であると言えますが、「不思議な」「ハリーが1度も見たことが

39

ないような」という特徴を述べてそのお菓子がどのようなものかを説明しているという点ではやや細かい描写が行なわれていると言えるでしょう。このように、ある物を表すことばには、その描写の細かさに違いがあるということがわかります。これを粒の細かさ・粗さに例えて、「粒度」(granularity)と呼びます（Schegloff 2000）。(2-1) で用いられた sweets は、粗い粒度で描写された表現であり、Bertie Bott's Every-Flavor Beans は細かい粒度で描写された表現です。

　Bertie Bott's Every-Flavor Beans（バーテー・ポッツの百味ビーンズ）というお菓子はいったいどんなお菓子なのでしょうか。名前に Every（百味）が付いているだけあって、様々な味の粒が入っているお菓子ではないかと予想することができます。おそらく色味もカラフルで見た目にも楽しそうなお菓子なのではないかと想像を駆り立てられます。

　後に、作者は Every-Flavor Beans（百味ビーンズ）がどんなお菓子なのかを披露しています。このお菓子を食べたことがあるロンが、ハリーに次のように教えてくれています。

'You want to be careful with those,' Ron warned Harry. 'When they say every flavor, they *mean* every flavor — you know, you get all the ordinary ones like chocolate and peppermint and marmalade, but then you can get spinach and liver and tripe. [...]'

(*Philosopher's Stone*, p.110)

「気をつけた方がいいよ」ロンが注意した。
「百味って、ほんとになんでもありなんだよ—そりゃ、普通のもあるよ。チョコ味、ハッカ味、マーマレード味なんか。でも、ほうれんそう味とか、レバー味とか、臓物味なんてのがあるんだ。[…]」

(『賢者の石』1-1, p.173)

◆ 第2章 ◆ 唱える呪文の伝え方 ── 描写のきめ細かさを変える

　ロンは Every-Flavor Beans（百味ビーンズ）のひと粒ひと粒の味に言及することで、「普通の」の味のものもあれば、マグルの世界では存在しないような変わった味のものもあるということをハリーに伝えています。このロンのことばを通して、私達もこのお菓子がどんなものなのかを理解することができます。さらに、次のような描写があります。

> They had a good time eating the Every-Flavor Beans. Harry got toast, coconut, baked bean, strawberry, curry, grass, coffee, sardine, and was even brave enough to nibble the end off a funny gray one Ron wouldn't touch, which turned out to be pepper.
>
> (*Philosopher's Stone*, p.111)
>
> 　二人はしばらく百味ビーンズを楽しんだ。ハリーが食べたのはトースト味、ココナッツ、煎り豆、イチゴ、カレー、草、コーヒー、いわし、それに大胆にも、ロンが手をつけようともしなかったへんてこりんな灰色のビーンズの端をかじってみたら胡椒味だった。
>
> （『賢者の石』1-1, p.174）

　ここでもひと粒ひと粒の味が細かく描写されており、私達の期待どおりの楽しそうなお菓子であったということが見て取れます。また、たくさんの種類が列挙されていることから、ロンとハリーが、結構時間をかけてこのお菓子を「楽しんだ」ということが分かります。

 種類の名称と個々の名前

　『ハリー・ポッター』には、私達が知らないものであっても、あたかも実際に存在するものであるかのように、魅力的に描写されているものが他にもたくさん出てきます。それには、名前や型番を用いた描写の細やかさが一役

買っています。「箒(ほうき)」のことを「ニンバス2000」と言う方がなんだか魅力的に感じられますよね。

では、ここで、描写の細やかさについて、もう少し説明しましょう。『ハリー・ポッター』には様々な動物が言及されています。次のふたつの文言を比較してみたいと思います。(2-4) は、ホグワーツ魔法学校からハリーに送られてきた入学時の持ち物のリストの一部です。(2-5) は、魔法界のダイアゴン横町の一角に出ていた店頭看板に書かれていたことばです。

Students may also bring an owl OR a cat OR a toad.

(*Philosopher's Stone*, p.72)

ふくろう、または猫、またはヒキガエルを持ってきてもよい。

(『賢者の石』1-I, p.113)

Eeylops Owl Emporium — Tawny, Screech, Barn, Brown and Snowy.

(*Philosopher's Stone*, p.77)

イーロップのふくろう百貨店—森ふくろう、このはずく、めんふくろう、茶ふくろう、白ふくろう

(『賢者の石』1-1, p.121)

(2-4) では、owl（ふくろう）、cat（猫）、toad（ヒキガエル）という動物の種類を表すことばで、魔法学校への入学者が持参することが許可されている動物について述べています。(2-5) に書かれている Tawny（森ふくろう）、Screech（このはずく）、Barn（めんふくろう）、Brown（茶ふくろう）、Snowy（白ふくろう）は、owl（ふくろう）という動物に属するものの種類を表す名称です。どちらの場合も、動物の種類を表すことばですが、後者の方が、より細

◆ 第2章 ◆ 唱える呪文の伝え方 —— 描写のきめ細かさを変える

かい分類に基づいた描写になります。ハリーが魔法学校に連れていったのは、owl（ふくろう）でした。そして、それは、owl（ふくろう）をさらに細分化した何らかの種類を意味する、例えば、Snowy（白ふくろう）であるという言い方も可能です。また、ハリーは自分のふくろうに Hedwig（ヘドウィグ）という名前を付けていました。名前を付けることによって、他のふくろうと自分のふくろうを区別することができます。このように同じ動物を指す場合でも、動物の種類を表す名称を使うのか、ふくろうの種類を表す名称を使うのか、ひとつの個体を表す名前を使うのか、といった選択肢があります。作者は、物語のその時々の文脈に応じて、ものを描写するきめ細かさの程度を使い分けているのです。

ハリーが車内販売で買った Chocolate Frogs（蛙チョコ）というお菓子にはカードが付いています。ロンはハリーにカードとは「有名な魔法使いとか魔女とかの写真」であると教えてくれます。ロンは、すでに500枚ぐらい持っているがアグリッパとプトレマイオスがまだない、と言います。ハリーが最初に取り出した包みに入っていたのは、「アルバス・ダンブルドア」のカードでした。

ロンが集めた500枚のカードは、遠目に見ると cards（カード）としてしか見えないかもしれません。しかし、少し近づいて見てみると「有名な魔法使いとか魔女とかの写真」が付いているものだということが分かります。さらに、もっと近づいて見てみると、それぞれの写真は様々な人物の写真が載っているものであるということが分かります。ここにも粒度の違いが見られます。ロンがまだ手に入れていないカードはアグリッパとプトレマイオスだと言うとき、一番細かい粒度でカードを捉えているということになります。次の文章を下線部と破線部の表現に注目して見ましょう。

Harry stared as Dumbledore sidled back into the picture on his card and gave him a small smile. Ron was more interested in eating the frogs than looking at the Famous Witches and Wizards cards, but Harry couldn't keep his eyes off them. Soon he had not only Dumbledore and Morgana, but Hengist of Woodcroft, Alberic Grunnion, Circe, Paracelsus, and Merlin.

(*Philosopher's Stone*, p.110)

　ダンブルドアが写真の中にそぉっともどってきてちょっと笑いかけたのを見たハリーは、目を丸くした。ロンは有名な魔法使いや魔女の写真より、チョコを食べるほうに夢中だったが、ハリーはカードから目が離せなかった。しばらくすると、ダンブルドアやモルガナのほかに、ウッドクロフトのヘンギストやら、アルベリック・グラニオン、キルケ、パラセルサス、マーリンと、カードが集まった。

(『賢者の石』1-1, p.173)

　このときハリーのところに集まったカードが誰のものだったのかを、作者は具体的に人物の名前をひとりずつ列挙して表現しています。このように、作者はきめの細かい描写を行なうことによって、Harry couldn't keep his eyes off them（ハリーはカードから目が離せなかった）という様子を巧みに表現しています。

　作者が、物の描写のきめの細かさを調整している例をもうひとつ見ておきましょう。次の文章はハリーが魔法学校の入学後に初めて経験したクリスマス・ディナーの場面です。

Harry had never in all his life had such a Christmas dinner. A hundred fat, roast turkeys; mountains of roast and boiled potatoes, platters of chipolatas, tureens of buttered peas, silver boats of thick, rich gravy and cranberry sauce — and stacks of wizard crackers every few feet along the table.

(*Philosopher's Stone*, p 218)

◆ 第2章 ◆ 唱える呪文の伝え方 ── 描写のきめ細かさを変える

> 　こんなすばらしいクリスマスのごちそうは、ハリーにとってはじめてだった。丸々と太った七面鳥のロースト百羽、山盛りのローストポテトと茹でポテト、大皿に盛った太いチポラータ・ソーセージ、深皿いっぱいのバター煮の豆、銀の器に入ったこってりとした肉汁とクランベリーソース。テーブルのあちこちに魔法のクラッカーが山のように置いてあった。
>
> 　　　　　　　　　　　　　　　　　　　　　　（『賢者の石』1-2, pp.69-70）

　最初の文では「クリスマスのごちそう」ということばが用いられています。このことばが表すものが具体的にどのようなものだったのかが2文目で詳細に描写されています。(2-6)と同様に、ここでも、きめの粗い描写からより細かい描写へと描写の仕方を変えて表現しています。車内販売のお菓子とは異なり、ここでは「七面鳥」「ポテト」「ソーセージ」「豆」というように私達が日常的に馴染みのある物を表すことばが用いられています。ですので、魔法界にのみ存在するものを描写しているというわけではありませんが、ディナーの料理をひとつずつ列挙するというきめ細かい描写と、それぞれにfat（丸々と太った）、a hundred（百羽）、mountains of（山盛りの）、platters of（大皿に盛った）、tureens of（深皿いっぱいの）、silver boats of（銀の器に入った）という、食べ物がどのように出てきていたのかを表すことばを添えて、豊かに描写されています。こうすることによって、ハリーがそれまでダーズリー家で経験してきたクリスマスと比べて、ホグワーツでのクリスマス・ディナーがどれだけ「すばらしい」と感じられるものであったのかが見事に表現されています。

　私達は、日常生活で、メガネや顕微鏡やパソコンの画面を通して、物を見るということがあると思います。そういうとき、同じものを見ても、メガネの度数や、顕微鏡のレンズの倍率や、パソコンの解像度によって、より鮮明に見えたりぼんやり見えたりするということがあるでしょう。そして、私達は自分が見たいと思うものがちょうどよい見え方になるように、メガネの度数やレンズの倍率や解像度を調整することができます。物語の作者は、描写

45

の粒度を変えることで、ものの見せ方を調整しているのです。そして、読者に見せたい、伝えたいと思うちょうどよい粒度で物事を描写しているのです。

 出来事を描写するきめ細かさ

　これまで、物を表す表現に注目して、描写のきめ細やかさ（粒度）について見てきました。粒度の調整は、出来事を描写する場合にも行なわれます。誰かが何かを話すという行為を描写する仕方には、きめの細やかさの程度の違いから3段階のレベルに分けられると考えられています（Schegloff 2000）。具体的な会話の事例（2-8）を見てみましょう。カートという人物が以前、車マニアの仲間達と会話をしたことを、今、別の人達に語っています。1行目の he というのは、話題になる the car の持ち主を意味しています。

Curt: And he was telling us, we were kind of admiring the car and he says hah I got to get rid of it though.
　　　(0.5)
Curt: I said, 'Why did you have to get rid of it?'
　　　And he said, 'well I'm afraid my wife will get it, er my ex-wife.'

(Schegloff 2000: 一部改変)

カート：で、彼が僕らに言ったんだ、僕らがその車を絶賛していたら、彼は、その車を処分しなければならないって言うんだ。
　　　(0.5秒の間)
カート：僕が「なんで処分しないといけないんだ？」と言ったら、彼は「あの、妻の手に渡ってしまうかもしれないから、あ、元妻の」って言ってた。

(和訳は引用者)

◆ 第2章 ◆ 唱える呪文の伝え方 —— 描写のきめ細かさを変える

　まず、2行目の we were kind of admiring the car（その車のことを絶賛していた）という発言では、きめの粗い描写がなされています。このように発言することで、カートは自分も含め仲間達と特定の1台の車について話をしていたという出来事を述べています。ここでは、何人かが集まって話をしていたという出来事が描写されているだけで、誰がどんなことを述べたのかという具体的な発話の詳細は述べられていません。彼の車を絶賛したという出来事の描写が行われているだけです。このような表現方法をShcegloffは「多人数の発話をひとつの活動単位（ひとまとめに伝達可能な出来事）としてまとめる」レベルと捉えています。次に、1行目の he was telling us は、もう少しきめの細かい描写の仕方をしています（カートは、この発言の続きを述べていません。we were から改めて発言しなおしています）。Schegloffはこれを「複数の文であれ、多項目であれ、ひとつの活動単位にまとめる」レベルとしています。このレベルでは、誰が誰に対してどのような発話をしたのかが述べられます。概して間接話法を用いての伝達はこのレベルに該当すると考えてよいでしょう。

　最後に、And he said, 'well I'm afraid my wife will get it, er my ex-wife.' という発話は、最もきめ細かい描写の仕方がとられています。カートは、彼が話したことを、直接話法を用いてできるだけ忠実に再現しようとしています。Schegloffはこれを「文脈の特異性に基づいてひとつのターンを提示する（が、その産出の詳細事項については注意を払わない）」レベルとしています。

　(2-8)のカートの語りには、カートがとても値打ちのある車をなぜ処分してしまうのかと彼に尋ねたら、彼はどういう返事をするのか、周りで聞いている人達が興味津々になるようなクライマックスがあります。すると彼から、元妻に取られてしまうのが嫌だからという答えが返ってきたという落ちがついています。物語の背景となる出来事はざっくりと粗い粒度で描写し、語りのクライマックスの出来事は細かい粒度で語るという現象が見られます。

　カートが仲間達と話をしていた場面をビデオカメラで撮影し、それをパソコン上で再生するとします。カートが仲間と一緒に何か話している場面は、まるでパソコンの解像度が低くぼんやりと映る画面を、実際に会話した時間

47

よりもはるかに短い時間で再生して出来事の大枠を見ているかのようです。一方、カートと彼との1対1のやりとりを描写する場面は、画面の解像度を上げて通常の再生スピードで動画を見ているイメージです。出来事の状況を鮮明に見聞することができ、話された言葉の一言一句が詳細に再現されます。

では、『ハリー・ポッター』の中で人が話をするという出来事が、粗い粒度で描写されている場面と、細かい粒度で描写されている場面を見てみましょう。

He [Harry] stopped a passing guard, but didn't dare mention platform nine and three-quarters. The guard had never heard of Hogwarts and when Harry couldn't even tell him what part of the country it was in, he started to get annoyed, as though Harry was being stupid on purpose. Getting desperate, <u>Harry asked for the train that left at eleven o'clock, but the guard said there wasn't one. In the end the guard strode away, muttering about time-wasters.</u>

(Philosopher's Stone, p.97)

ハリーは、ちょうど通りかかった<u>駅員を呼び止めた</u>。しかし、さすがに九と四分の三番線とは言えなかった。駅員はホグワーツなんて聞いたことがないと言うし、どのあたりにあるのかハリーが説明できないでいるのを見て取るや、いたずらにいいかげんなことを言っているのではないかと胡散くさそうな顔をした。ハリーはいよいよ困り果てて、<u>十一時に出る列車はないかと聞いてみたが、駅員はそんなものはないと答え、ついには時間のむだ使いだとブツクサ言いながら行ってしまった。</u>

(『賢者の石』1-1, pp.152-153)

ハリーが駅員を呼び止めようとするには、何らかのことばを発したのでは

◆ 第2章 ◆ 唱える呪文の伝え方 —— 描写のきめ細かさを変える

ないかと思われますが、He stopped a passing guard という表現は、そのことばを再現しているわけではありません。粗い粒度で描写されていると捉えることができます。また、Harry asked for the train that left at eleven o'clock, but the guard said there wasn't one. は、ハリーと駅員の間でやりとりが行なわれたことを述べています。ただ、ハリーが実際に駅員に尋ねたことばや駅員が返答したことばを再現してはいません。さらに、muttering about time wasters も駅員の行動を描写していますが、ここでも駅員の発話したことばを詳細に表してはいません。

では、次のハグリッドとネビルとのやりとりを見てみましょう。さきほどの（2-9）では、ハリーが駅員に声かけをして質問をしていましたが、（2-10）でも、ハグリッドがネビルに声かけをして質問をしています。

'Oy, you there! Is this your toad?' said Hagrid, who was checking the boats as people climbed out of them.
'Trevor!' cried Neville blissfully, holding out his hands.

(*Philosopher's Stone*, p.120)

「ホイ、おまえさん！これ、おまえのヒキガエルかい？」
みんなが下船したあと、ボートを調べていたハグリッドが声を上げた。
「トレバー！」
ネビルは大喜びで手を差し出した。

（『賢者の石』1-1, p.187）

ここではハグリッドがネビルに発した Oy, you there! ということばが、実際にハグリッドが口に出したものに近い形で再現されています。同様に Is this your toad? という質問もそうです。ハグリッドの発言の中で oy という感嘆詞が使われています。指示代名詞の this は、実際にその場にいる人で

49

ないと、何を指しているのかがわからない表現です。代名詞の you も実際にその場にいてハグリッドが誰に向かって発言しているのかが理解できないと、誰を意味しているのかがわからない表現です。こういった表現が用いられているということから、ハグリッドがその場で発言したことばを作者が一言一句詳細に表しているということが見て取れます。つまり、この場面では、ハグリッドがネビルに話をしたという行為が細かい粒度で描写されています。このように、ある人物が誰かに何かを言ったという出来事を細かい粒度で描写することによって、まるで読者がそのとき起った出来事をその場で見たかのように生き生きと臨場感豊かに伝えることができます。

◆ 第2章 ◆ 唱える呪文の伝え方 ── 描写のきめ細かさを変える

4　呪文の描写のきめ細かさ

　魔法学校の生徒たちが呪文を唱えるということも誰かが何かを口にする行為のひとつです。呪文を唱えるという行為がどのように描写されているか、注目してみましょう。

　最初に、ハリー、ロン、ハーマイオニー達がホグワーツ魔法学校の入学式後に行なわれる寮の組み分けを待っている場面を見てみましょう。ほとんどの生徒達はどうやって組み分けが決まるのだろうと不安に駆られていましたが、ハーマイオニーだけは冷静でした。

He [Harry] looked around anxiously and saw that everyone else looked terrified too. No one was talking much except Hermione Granger, <u>who was whispering very fast about all the spells she'd learnt</u> and wondering which one she'd need. Harry tried hard not to listen to her.

(*Philosopher's Stone*, p.123)

　ハリーは不安げにあたりを見渡したが、ほかの生徒もハリーと同じ気持ちのようだった。みなあまり話もしなかったが、ハーマイオニー・グレンジャーだけはどの呪文が試験に出るんだろうと、<u>いままでに覚えた全部の呪文について早口でつぶやいていた</u>。ハリーは必死にハーマイオニーの声を聞くまいとした。

(『賢者の石』1-1, p.191)

　ここでは、ハーマイオニーが呪文を早口でつぶやいているということが、who was whispering very fast about all the spells she learned という表現によって、やや粗い粒度で描写されています。その呪文の一言一句まではまわりの生徒達には聞こえていなかった可能性が高いです。特に、ハリーは、ハー

51

マイオニーの声を聞きたくないと思っていました。ハーマイオニーがつぶやいているのは呪文なのだということがわかる程度に彼の耳に入っていましたが、それ以上詳しくは聞こえていなかったということが巧みに表現されています。

では、ハーマイオニーが呪文を唱えることが描かれている別の場面を見てみましょう。(2-12)は生徒達が物を飛ばす魔法をかける練習をする場面です。最初にロンが呪文を唱えますが、魔法はかかりませんでした。それは、ロンの呪文の唱え方が間違っていたからだと、ハーマイオニーは指摘します。

'*Wingardium Leviosa!*' he [Ron] shouted, waving his long arms like a windmill.

'You're saying it wrong,' Harry heard Hermione snap. 'It's Wing-*gar*-dium Levi-*o*-sa, make the "gar" nice and long.'

'You do it, then, if you're so clever,' Ron snarled.

Hermione rolled up the sleeves of her gown, flicked her wand, and said, '*Wingardium Leviosa!*'

Their feather rose off the desk and hovered about four feet above their heads.

(*Philosopher's Stone*, p 184)

「ウィンガディアム　レヴィオーサ！」
長い腕を風車のように振り回してロンが叫んでいる。ハーマイオニーの尖った声が聞こえる。
「言い方がまちがっているわ。ウィン・ガー・ディアム　レヴィ・オー・サ。"ガー"と長ぁくきれいに言わなくちゃ」
「そんなによくご存知なら、君がやってみろよ」とロンがどなっている。
ハーマイオニーはガウンの袖をまくり上げて杖をビューンと振り、

◆ 第2章 ◆ 唱える呪文の伝え方 —— 描写のきめ細かさを変える

> 呪文を唱えた。
> 「ウィンガーディアム　レヴィオーサ！」
> すると、羽は机を離れ、一・二メートルほどの高さに浮いたではないか。
>
> (『賢者の石』1-2, p.18)

　この場面では、ロンとハーマイオニーとがそれぞれ口にした呪文が、一言一句詳細に描写されています。実際に彼女が呪文を唱えると魔法がかかり、彼女の指摘が正しかったということが証明されました。原文ではロンの呪文もハーマイオニーの呪文も Wingardium Leviosa! という同じ文字列で表されていますが、ハーマイオニーは、ロンに正しい発音を指摘したとおり Wing-*gar*-dium Levi-o-sa の gar の部分を長くきれいに発音したため魔法が成功したのでしょう。翻訳では、ロンは「ウィンガディアム　レヴィオーサ！」と「ガ」の音を短く言いっていたのに対し、ハーマイオニーは「ウィンガーディアム　レヴィオーサ！」と「ガー」の音を長く伸ばしていたということが表記されています。

　この呪文の練習は、後に、トロールに襲われたハーマイオニーをロンが助け出すのに大いに役立つことになります。練習では羽を浮かすこともできなかったロンでしたが、トロールとの対決では棍棒（こんぼう）を空中高く押し上げるほどの威力を発揮します。

> Hermione had sunk to the floor in fright; Ron pulled out his own wand — not knowing what he was going to do he heard himself cry the first spell that came into his head: *'Wingardium Leviosa!'*
>
> The club flew suddenly out of the troll's hand, rose high, high up into the air, turned slowly over — and dropped, with a sickening crack, onto its owner's head. The troll swayed on the spot and then fell flat on its face, with a thud that made the whole room tremble.

(*Philosopher's Stone*, p.189)

　ハーマイオニーは恐ろしさのあまり床に座り込んでいる。ロンは自分の杖を取り出した—自分でもなにをしようとしているのかわからぬまま、最初に頭に浮かんだ呪文を唱えた。
　「ウィンガーディアム　レヴィオーサ！」
　突然棍棒がトロールの手から飛び出し、空中を高く高く上がってゆっくり一回転した後、ボクッといういやな音を立てて持ち主の頭の上に落ちた。トロールはふらふらっとしたかと思うと、ドサッと音を立ててその場にうつ伏せに伸びてしまった。

(『賢者の石』1-2, p.26)

　作者は、ロンが唱えた Wingardium Leviosa! という呪文を一言一句示すとともに、ロンがこの呪文を大声で唱えたということを描写しています。このようにして、戦いの場面のクライマックスがきめ細かく語られています。

　物語の作者は、登場人物が見聞きした物事や出来事をどのように伝えるかを考慮して、その時々の文脈に応じて描写のきめ細やかさを調整しています。このように描写のきめ細やかさを調整し、変化をつけるという現象は、架空の物語に限ったことではなく、私達が日常行っている会話の中も見られるものなのです。このような描写の工夫が『ハリー・ポッター』では随所に見られ、私達読者をこの物語の世界に引きつけているのです。

《引用文献》

Schegloff, E. A. 2000. "On Granularity," *Annual Review of Sociology* 26: 715-720.

第3章

「手伝おうか」を
どう断る

── 円滑な会話の運び方 ──

1 話しながら行動する

　意思を伝え合う会話は、どのように成立して流れていくのでしょうか。
　私達は、ことばを話しながら、何らかの行動をしています。例えば、朝、家族や友人に「おはよう」と言いながら〈挨拶〉をしています（以下、行動を表すことばを〈 〉で囲みます）。学校に行く前に家族に「今日は部活がある」と言いながら、帰宅する時間が普段より遅くなるということを〈知らせ〉る人もいるでしょう。「今日は雨が降るよ」と言われて、傘を用意するとしたら、傘を持って行くようにという〈助言〉を〈受け入れ〉たことになります。学校では、先生が「授業を始めます」と言いながら、〈授業を開始〉し、「教科書の30ページを開いて下さい」と言いながら、生徒に教科書の30ページを開くよう〈指示〉しています。私達はこのように、ことばを用いてさまざまな行動をしています。
　では、『ハリー・ポッター』の登場人物たちは、どのようなことばでどのように行動しているでしょうか。具体例を見ていきましょう。(3-1)では、ダーズリー家が逃亡した島の小屋に、大男（ハグリッド）が現れ、下線部のように誕生日のお祝いのことばを述べながら、11歳の誕生日を迎えたハリーを〈祝福〉しています。

'Anyway — Harry,' said the giant, turning his back on the Dursleys, 'a very happy birthday to yeh. [...]'

(*Philosopher's Stone*, p.51)

「なにはともあれ……ハリーや」
大男はダーズリーに背を向けてハリーに話しかけた。
「誕生日おめでとう。[…]」

（『賢者の石』1-1, p.80）

◆ 第3章 ◆ 「手伝おうか」をどう断る ── 円滑な会話の運び方

　(3-2) では、ハグリッドが、ハリーにホグワーツのことを知っているか確認すると、ハリーは知らないと答えます。当然知っているはずだと思っていたハグリッドの期待に添えない返答をしてしまったことに気づいたハリーは、急いで Sorry と言いながら〈謝って〉います。

'[...] yeh'll know all about Hogwarts, o'course.'
'Er — no,' said Harry.
Hagrid looked shocked.
'<u>Sorry</u>,' Harry said quickly.

(*Philosopher's Stone*, p.53)

「［…］ホグワーツのことはもちろん知っとろうな？」
「あの……、いいえ」
ハグリッドはショックを受けたような顔をした。
「<u>ごめんなさい</u>」ハリーはあわてて謝った。

(『賢者の石』1-1, p.83)

　(3-3) では、ホグワーツの城が見える黒い湖のほとりで、1年生がみな小船に乗ったことを確認した後、〈船を出すよう号令をかけ〉ます。すると、船団が一斉に動き出しました。

'Everyone in?' shouted Hagrid, who had a boat to himself, 'Right then — <u>FORWARD!</u>'

(*Philosopher's Stone*, p.119)

「みんな乗ったか？」
ハグリッドが大声を出した。一人でボートに乗っている。

「よーし、では、進めぇ！」

(『賢者の石』1-1, p.187)

（3-4）では、マクゴナガル先生が Welcome to Hogwarts と言いながら、魔法学校に入学してきた生徒達を〈迎え入れて〉います。

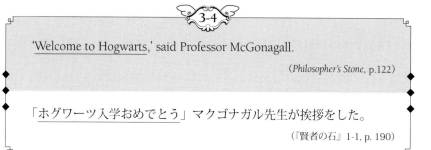

'Welcome to Hogwarts,' said Professor McGonagall.

(*Philosopher's Stone*, p.122)

「ホグワーツ入学おめでとう」マクゴナガル先生が挨拶をした。

(『賢者の石』1-1, p. 190)

（3-1）から（3-4）のように、言い方がある程度決まった表現を用いて行動することもありますが、そうでない場合も見ていきましょう。次の2例は、新入生の組み分けの儀式が始まる前に、マクゴナガル先生が行った発言です。下線部に注目してみましょう。どちらも、先生が生徒達に、儀式の準備が整うのを待っている間にしておくことを〈指示〉しています。同じ人物による〈指示〉が、(3-5) では [主語（I）＋動詞現在形（suggest）＋目的語（you）] という平叙文を用いて、(3-6) では [Please＋動詞（wait）] という命令文を用いて行われています。

'The Sorting Ceremony will take place in a few minutes in front of the rest of the school. I suggest you all smarten yourselves up as much as you can while you are waiting.'

(*Philosopher's Stone*, p.122)

「［…］まもなく全校生徒、職員の前で組分けの儀式が始まります。待っ

◆ 第3章 ◆ 「手伝おうか」をどう断る —— 円滑な会話の運び方

ている間、できるだけ身なりを整えておきなさい」

(『賢者の石』1-1, p.190-191)

'I shall return when we are ready for you,' said Professor McGonagall. 'Please wait quietly.'

(*Philosopher's Stone*, p.122)

「学校側の準備ができたらもどってきますから、静かに待っていてください」

(『賢者の石』1-1, p.191)

(3-7)では、マクゴナガル先生がフリットウィック先生に、ウッド(クィディッチのグリフィンドール・チームのキャプテン)と一時、話をさせてもらえるよう〈依頼〉しています。

Professor McGonagall stopped outside a classroom. She opened the door and poked her head inside.
'Excuse me, Professor Flitwick, could I borrow Wood for a moment?'

(*Philosopher's Stone*, p.161)

マクゴナガル先生は教室の前で立ち止まり、ドアを開けて中に首を突っ込んだ。
「フリットウィック先生。申し訳ありませんが、ちょっとウッドをお借りできませんか」

(『賢者の石』1-1, p.249)

マクゴナガル先生が直接話しかけたのは、授業を行っていたフィット

59

ウィック先生ですが、その声が教室内でウッドに聞こえていたかもしれません。その場合、ウッドと話がしたいという先生の意向は、ウッド自身にも伝わっていたでしょう。

会話の基本——隣接ペア

『ハリー・ポッター』では登場人物が〈質問〉する場面も多く描かれています。ここでは、What are you doing? という疑問文を用いた〈質問〉の例を二つ取り上げてみましょう。(3-8)では、ハリー、ロン、ハーマイオニーが、『石』を手に入れるため寮を抜け出そうと考えて、透明マントに3人の全身が隠れるかどうかを確かめていると、誰もいなくなったと思っていた談話室の隅からネビルが声をかけます。

'What are you doing?' said a voice from the corner of the room. Neville appeared form behind an armchair, [...].

'Nothing, Neville, nothing,' said Harry, hurriedly putting the Cloak behind his back.

(*Philosopher's Stone*, p.292)

「君たち、なにしてるの？」部屋の隅から声が聞こえた。
ネビルが肘掛椅子の陰から現れた。[…]
「なんでもないよ、ネビル。なんでもない」
ハリーは急いでマントを後ろに隠した。

(『賢者の石』1-2, p. 184-185)

ハリーは、ネビルの〈質問〉に対して本当のことを言えず、Nothing.(なんでもない)とごまかしてしまいます。(3-9)では、ハグリッドが三頭犬を手なずける方法を怪しい人物にしゃべってしまったと知ったハリーとロンと

◆ 第3章 ◆ 「手伝おうか」をどう断る —— 円滑な会話の運び方

ハーマイオニーが、それをダンブルドア先生に伝えるため、ホールの中で校長室を探していると、マクゴナガル先生の声がしました。

'What are you three doing inside?'
It was Professor McGonagall, carrying a large pile of books.
'We want to see Professor Dumbledore,' said Hermione, rather bravely, Harry and Ron thought.

(*Philosopher's Stone*, p.286)

「そこの三人、こんなところでなにをしているのですか？」
山のように本を抱えたマクゴナガル先生だった。
「ダンブルドア先生にお目にかかりたいんです」
ハーマイオニーが勇敢にも（と、ハリーもロンも思った）そう言った。

(『賢者の石』1-2, p.175)

　英語のWhat are you doing?も、日本語の「なにをしてるのですか？」も、〈相手が何をしているのか尋ねる〉ために使用されますが、してはいけないことをしている相手に〈注意喚起〉するときにも用いられます。特に、厳しい口調で言うと、〈叱責〉や〈非難〉の意味合いも生じます。(3-9)では、マクゴナガル先生がWhat are you three doing inside?と言った意味を、3人が「用もないのにここへ来てはいけませんよ」という〈注意喚起〉と受け止めたとしたら、謝罪をしてその場を立ち去らないといけないということになっていたかもしれません。しかし、ハーマイオニーが「ダンブルドア先生にお目にかかりたい」と〈返答〉したことによって、3人は理由があってこの場にいるということが先生に伝えられました。

　そして、このハーマイオニーの返答をきっかけに、3人はその後もマクゴナガル先生と会話を続けることができ、ハリー達が「賢者の石」の件でダンブルドア先生に会いたがっていることを伝え、ダンブルドア先生は魔法省に

61

呼ばれて今は不在だが翌日帰ってくるということをマクゴナガル先生から教えてもらうことができました。（3-8）と（3-9）を比較すると、同じ文の形式を用いた〈質問〉でも、話す人や状況によって、伝わる意味が異なり、それに応じて、相手の返答の仕方も異なり、またその後の会話の展開にも違いが生じるということがわかりますね。

　〈質問〉と〈応答〉のように、誰かが行ったことに誰かが応じるというやりとりが会話ではよく見られます。会話者の行動は、やりとりを開始する（他者へ働きかける）タイプ（以下「開始タイプ」）とそれに応じる（他者の行動を受ける）タイプ（以下「応じるタイプ」）に大きく分けることができます。具体的には、〈質問〉〈依頼〉〈指示〉〈申し出〉〈誘い〉〈意見〉〈評価〉〈告知〉〈語り〉などは「開始タイプ」、〈返答〉〈受入れ〉〈断り〉〈同意〉〈非同意〉〈受取り〉などは「応じるタイプ」に当たります。そして、この開始タイプと応じるタイプから構成されるやりとりを「隣接ペア」（adjacency pair）といいます。会話の多くの部分が、この隣接ペアを基本として成り立っています。隣接ペアには、次のような特徴があります（Schegloff and Sacks 1973）。

---

1) 二つの発話からなる
2) この二つの発話は隣接している
3) この二つの発話はそれぞれ別の話し手によって行なわれる
4) 第1部分と第2部分という順序がある
5) 第1部分が発話されるとそれを第1部分とするペアのタイプの第2部分が行なわれる

　隣接ペアの特徴5）についてもう少し説明します。これは、ある第1部分の後に生じる第2部分は、「応じるタイプ」だったら何でもよいというわけではない、ということを意味しています。例えば、〈挨拶〉には〈挨拶〉、〈質問〉には〈返答〉、〈申し出〉には〈受諾〉または〈断り〉のように、特定の第1部分に応じる第2部分の行動の種類は、ある程度決まっています。

◆ 第3章 ◆ 「手伝おうか」をどう断る —— 円滑な会話の運び方

　具体例を使って、隣接ペアの特徴を確認しましょう。(3-10)は〈挨拶〉−〈挨拶〉という隣接ペアの例です。(3-11)は〈質問〉−〈返答〉の例です。

'Happy Christmas,' said Ron sleepily as Harry scrambled out of bed and pulled on his dressing-gown.
'You, too,' said Harry.

(*Philosopher's Stone*, p.214)

「メリークリスマス」
　ハリーが急いでベッドから起き出してガウンを着ていると、ロンが寝ぼけまなこで声をかけてきた。
「メリークリスマス」
　ハリーも挨拶を返した。

(『賢者の石』1-2, p.63)

　ここでは、ロンがクリスマスの挨拶をするとハリーも挨拶を返しています。異なる人物による隣接した発話が、第1部分と第2部分という順番で起っています。〈挨拶〉は、その後に相手から〈挨拶〉されることが期待される行動です。この点については次節でも述べます。

'How many days you got left until yer holidays?' Hagrid asked.
'Just one,' said Hermione.

(*Philosopher's Stone*, p.211)

「休みまであと何日だ？」ハグリッドがたずねた。
「あと一日よ」ハーマイオニーが答える。

(『賢者の石』1-2, p.58)

ここでは、ハグリッドが〈質問〉すると、ハーマイオニーが〈返答〉しています。第1部分（開始タイプ）の後、第2部分（応じるタイプ）が起っています。〈質問〉は、それに応じた〈返答〉が起るということが期待される行動です。

 期待される応答

　隣接ペアの第1部分が第2部分を期待することについて、もう少し説明しましょう。私達は日頃、誰かに「おはよう」と言うと、相手から「おはよう」ということばが返ってきます。いつも当たり前のように挨拶を行っていますので、このようなやりとりについて特に気にとめて考えたことはないかもしれません。では、「おはよう」と言ったあとに、相手がだまっていたら、どうでしょうか？「あれ？」「どうしたのかな？」「機嫌悪いのかな」「何か私、昨日まずいこと言ったかな？」などと思ってしまいませんか？ なぜでしょうか。それは、「おはよう」と言ったら、その人から「おはよう」ということばが返ってくるということを無意識ながらに期待しているからです。相手が黙っていると、あるべき反応がない、と感じてしまうのです。そういう経験をすると、私達は「挨拶されたら挨拶する」や「何か言われたら返事をする」という規範を身に付けているということに改めて気づくことができます。（3-12）に描写されているように、ドアをノックしても、何も起こらなかったら、もう一度ノックしてみようと思うのも、こちらの働きかけに対して、反応があるだろうということを期待しているからなのです。

3-12

　He [Harry] made his way down to the staff room and knocked. There was no answer. He knocked again. Nothing.

(*Philosopher's Stone*, p.195)

　ハリーは職員室のドアをノックした。答えがない。もう一度ノックする。反応がない。

(『賢者の石』1-2, p.34)

◆ 第3章 ◆ 「手伝おうか」をどう断る —— 円滑な会話の運び方

　隣接ペアとは、単に2人の発話が連続しているというのではなく、このような期待の上になりたっているものなのです。

　では、隣接ペアの第1部分が生じた後に第2部分が起らなかったら、どうなるでしょうか。もうひとつ興味深い場面を見ましょう。ダーズリー家のペチュニアおばさんがハリーを起こしに来ます。

Yet Harry Potter was still there, asleep at the moment, but not for long. His Aunt Petunia was awake and it was her shrill voice which made the first noise of the day.

a. <u>'Up! Get up! Now!'</u>

Harry woke with a start. b. <u>His aunt rapped on the door again.</u>

<u>'Up!' she screeched.</u> Harry heard her walking toward the kitchen and […] He rolled on to his back and tried to remember the dream he had been having. […]

His aunt was back outside the door.

c. <u>'Are you up yet?' she demanded.</u>

'Nearly,' said Harry.

(Philosopher's Stone, p.20)

　しかし、ハリー・ポッターはそこにいた。いまはまだ眠っているが、もはや、そう長くは寝ていられないだろう。ペチュニアおばさんが目を覚ました。おばさんのかん高い第一声から、一日の騒音が始まるのだ。

a.「<u>さあ、起きて！早く！</u>」

ハリーは驚いて目を覚ました。b. <u>おばさんが部屋の戸をドンドンたたいている。</u>

「<u>起きるんだよ！</u>」と金切り声がした。

おばさんがキッチンに歩いていく音に続いて、［…］仰向(あおむ)けになったままで、ハリーはいままで見ていた夢を思い出そうとしていた。いい

65

夢だったのに……。［…］
　c.「まだ起きないのかい？」おばさんが戸の外までもどってきて、きつい声を出した。
　「もうすぐだよ」

(『賢者の石』1-1, p.34)

　おばさんのかん高い第一声（3-13a）だけではハリーが起きなかったので、(3-13b）では、おばさんはドアを叩いて金切り声でハリーを〈起こし〉にかかっています。それでも起きる気配がないと、(3-13c）ではきつい声で〈叱責〉しています。ハリーが返事をするまで、繰り返されたおばさんの言動が徐々にエスカレートしています。それは〈起こす〉という行動に対しては〈返事〉などの反応があるということが期待されているからです。みなさんも「ご飯だよ〜」と呼ばれてすぐに食卓に行かないと、もう1回「ご飯！」と大きな声で呼ばれたりすることはありませんか？

受け入れと断り

　隣接ペアの第1部分に起る〈提案〉や〈誘い〉や〈申し出〉に対して、第2部分では〈受け入れ〉または〈断り〉という2種類のうちのどちらかが行われる可能性があります。では、〈受け入れ〉と〈断り〉にはどのような特徴が見られるでしょうか。
　日常会話の例を見てみましょう。〈提案〉や〈誘い〉を〈受け入れる〉場合、Yesを意味する返答が端的に行なわれます。

3-14

A: How about a quick bite to eat before the meeting?
B: Sounds great.

(Levinson 1983)

A: 会議の前に軽く食事でもどう？

66

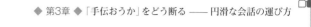
◆ 第3章 ◆ 「手伝おうか」をどう断る —— 円滑な会話の運び方

B：いいね。

（和訳は引用者）

A：Why don't you come up and see me sometimes?
B：I would like to.

（Levinson 1983）

A：時々こちらに会いに来ない？
B：喜んで。

（和訳は引用者）

（3-14）と（3-15）では、Aが発言の冒頭のHow aboutやWhy don't youというフレーズを聞いただけで、Bは〈提案〉や〈誘い〉が行われるということを予測することができます。Bは、〈受け入れ〉の応答をすばやく短く行います。

しかし、〈断る〉場合は、応答のタイミングが遅れ、断る理由や感謝の気持ちを述べるという特徴が見られます。Noという直接的な表現を言わなくても、〈断る〉ことを意図しているということを相手に伝えられる構造になっています。

A：Uh if you'd care to come over and visit a little while this morning, I'll give you a cup of coffee.
B：Well, that's awfully sweet of you, I don't think I can make it this morning uhm I'm running an ad in the paper and, and uh I have to stay near the phone.

（Levinson 1983）

A：あのもし今朝こちらに来ていただいてご一緒できるお時間があれ

67

ば、コーヒーをお入れします。
B：あの、それはとてもご親切に。でも今朝はお伺いできそうにありません。今新聞に広告を出していて、それで、なので、えっと電話のそばにいないといけないんです。

(和訳は引用者)

ここでは、Bは、Well ということばを発して返答を先送りしています。そして、誘ってくれたことへの感謝の気持ちを述べ、I can't make it. と断言するのではなく、I don't think I can make it. と言って断ることを婉曲的に伝えています。さらに、Aの誘いに応じられない理由も説明しています。Bの応答は、途中まで聞いただけでも、Bが断る意向であるということがAにわかるように発言が組み立てられています。

では『ハリー・ポッター』の登場人物達の会話を見てみましょう。次の2例は、どちらも隣接ペアの第1部分で手伝いの〈申し出〉が行われています。(3-17) では、ハリーはホグワーツ行きの列車で自分の荷物をしまうのを手伝おうと〈申し出て〉くれたことに応じて、Yes, please. と端的な表現で〈受け入れ〉ています。

'Want a hand?' It was one of the red-haired twins he'd followed through the ticket box.
'Yes, please,' Harry panted.

(*Philosopher's Stone*, p.101)

「手伝おうか？」
さっき、先に改札口を通過していった、赤毛の双子のどちらかだった。
「うん。お願い」ハリーは息が上がっていた。

(『賢者の石』1-1, p.158)

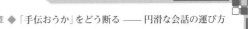
◆ 第3章 ◆「手伝おうか」をどう断る ── 円滑な会話の運び方

（3-18）では、ハグリッドが、学校の廊下で樅の木を運んでいるのを手伝おうとしたロンの〈申し出〉を〈断って〉います。

'Hi, Hagrid, want any help?' Ron asked, sticking his head through the branches.
'Nah, I'm all right, thanks, Ron.'

(*Philosopher's Stone*, p.209)

「やあ、ハグリッド、手伝おうか」
ロンが枝の間から頭を突き出して申し出た。
「いんや、大丈夫。ありがとうよ、ロン」

(『賢者の石』1-2, p.56)

ハグリッドは、Nah というだけではなく、ロンに手伝ってもらわなくてもひとりでできるから、と申し出を断る理由を説明し、申し出てくれたことへの感謝のことばを述べています。

相手からの働きかけにどのように応じるかという点について、興味深いやりとりがありますので見ておきましょう。ハリーはホグワーツに出発する前日、バーノンおじさんに、翌日キングズ・クロス駅まで送ってほしいと〈依頼〉します。下線部のおじさんの反応に注目しましょう。

'Er — Uncle Vernon?'
Uncle Vernon grunted to show he was listening.
'Er — I need to be at King's Cross tomorrow to — to go to Hogwarts.'
Uncle Vernon grunted again.
'Would it be all right if you gave me a lift?'
<u>Grunt.</u> Harry supposed that meant yes.

69

'Thank you.'

(*Philosopher's Stone*, p.95)

「あの──バーノンおじさん」
おじは返事のかわりにウームとうなった。
「あの……明日キングズ・クロスに行って……そこから、あの、ホグワーツに出発なんだけど」
おじはまたウームとうなった。
「車で送っていただけますか？」
またまたウーム。ハリーはイエスの意味だと思った。
「ありがとう」

(『賢者の石』1-1, pp.149-150)

　ハリーの依頼の後、バーノンおじさんが「ウーム」とうなったのを、ハリーは依頼を〈受け入れ〉てもらえたと判断して感謝のことばを述べています。しかし、実際は違っていました。おじさんは「ウーム」とうなりながら、ハリーの依頼に対する返事を先送りしていただけだったのでした。〈受け入れ〉る場合は、もっと端的に反応していたでしょう。

　会話は、「隣接ペア」が連続して起こることによって展開します。ひとつの隣接ペアが終わったあと、同じ話者によって同じ話題を継続するやりとりが行われることがあります。例えば、（3-20）では、クディッチの試合当日の朝、ハーマイオニーがハリーに、朝食を食べるよう勧めています。しかし、ハリーは食欲がないようです。

3-20

'You've got to eat some breakfast.'
'I don't want anything.'
'Just a bit of toast,' wheedled Hermione.

◆ 第3章 ◆ 「手伝おうか」をどう断る —— 円滑な会話の運び方

'I'm not hungry.'

(*Philosopher's Stone*, p.197)

「朝食、しっかり食べないと」
「なにも食べたくないよ」
「トーストをちょっとだけでも」ハーマイオニーがやさしく言った。
「お腹空いてないんだよ」

(『賢者の石』1-2, p.37)

　ハーマイオニーは、最初の発言で食事を勧めた後のハリーの反応を見て、2度目に勧めるときには、言い方を変えています。食事を表すことばも some breakfast から just a bit of toast になり、よりハリーが対応しやすいように食事を勧めています。口調もやさしくなっています。私達の日常会話でもそうですが、このように、その場その場の相手の言動にあわせて会話を進めていくということはよく行われています。

5 「質問」をめぐる多様な形

　ダーズリー家には、ハリーが守らないといけない Don't ask questions.（質問は許さない）というルールがありました。作者は（3-21）の下線部で、これはハリーが「ダーズリー家で平穏無事に暮らすための第一の規則だった」と述べています。では一体どういう規則なのでしょうか、少し深掘りしてみたいと思います。

The only thing Harry liked about his own appearance was a very thin scar on his forehead which was shaped like a bolt of lightning. He had had it as long as he could remember and the first question he could ever remember asking his Aunt Petunia was how he had got it.

　'In the car crash when your parents died,' she had said. 'And don't ask questions.'

　<u>Don't ask questions</u> — that was the first rule for a quiet life with the <u>Dursleys</u>.

(*Philosopher's Stone*, p.21)

　自分の顔でたった一つ気に入っているのは、額にうっすらと見える稲妻形の傷だ。物心ついたときから傷はあった。ハリーの記憶では、ペチュニアおばさんにまっさきに聞いた質問が「どうして傷があるの」だった。

　「おまえの両親が自動車事故で死んだときの傷だよ。質問は許さないよ」

　これがおばさんの答えだった。<u>質問は許さない——ダーズリー家で平穏無事に暮らすための第一の規則だった。</u>

(『賢者の石』1-1, p.36)

72

◆ 第3章 ◆ 「手伝おうか」をどう断る —— 円滑な会話の運び方

　物心ついたハリーが、ペチュニアおばさんに「どうして額の傷があるの」と質問すると、おばさんは、交通事故で両親が亡くなったときにできた傷だと、うその〈返答〉をしました、同時に、「質問は許さない」と言ってハリーに〈質問を禁じ〉ました。もし、質問が禁じられていなかったら、会話はどのように進んでいたでしょうか。その場合、（3-22）の03aに示すように、ハリーが開始タイプの行動（例えば〈質問〉）をする可能性は十分にありました。しかし、ペチュニアおばさんは、02で質問に返答した後、03bのようにハリーに質問を禁じたため、ハリーは知りたい情報があっても、それ以上尋ねることができなくなってしまいました。ハリーが〈質問する〉ことができなければ、おばさんも答える必要がなくなります。ペチュニアおばさんは、この話題についてハリーに追求させないための方策として、「質問は許さない」という規則を用いていたのです。

01	ハリー：どうして傷があるの。〈質問〉
02	ペチュニア：おまえの両親が自動車事故で死んだときの傷だよ。〈応答〉
03a	ハリー：〈質問などの開始タイプ〉
03b	ペチュニア：質問は許さないよ。〈質問を禁止〉

　「質問は許さない」という規則を破るとどういうことになるでしょうか。次のハリーとバーノンおじさんとのやりとりを見てみましょう。バーノンおじさんは、珍しく帰宅後にハリーの物置にやってきたので、ハリーが自分宛に届いた手紙について（3-23a）と（3-23b）の〈質問〉をします。すると、おじさんは、それは他人宛の手紙だったとうその〈返答〉をしたため、ハリーは、そんなことはないと反論します。しかし、それには応じてもらえず、黙れと言われてしまいます。ハリーは質問をしても、正しい答えを教えてもらえないどころか、怒られてしまいました。やはり、「質問は許さない」という規則は守らなければならないのでしょうか。

73

'a. Where's my letter?' said Harry, the moment Uncle Vernon had squeezed through the door. 'b. Who's writing to me?'

'No one. It was addressed to you by mistake,' said Uncle Vernon shortly. 'I have burned it.'

'It was *not* a mistake,' said Harry angrily. 'It had my cupboard on it.'

'SILENCE!' yelled Uncle Vernon, and a couple of spiders fell from the ceiling. He took a few deep breaths and then forced his face into a smile, which looked quite painful.

'Er — yes, Harry — about this cupboard. Your aunt and I have been thinking ... you're really getting a bit big for it ... we think it might be nice if you moved into Dudley's second bedroom.'

'c. Why?' said Harry.

'd. Don't ask questions!' snapped his uncle. 'Take this stuff upstairs, now.'

(*Philosopher's Stone*, p.39)

「a. 僕の手紙はどこ？」

バーノンおじさんの大きな図体が狭いドアから入ってくると、ハリーは真っ先に聞いた。

「b. だれからの手紙なの？」

「知らない人からだ。まちがえておまえに宛てたんだ。焼いてしまったよ」

おじさんはぶっきらぼうに答えた。

「絶対にまちがいなんかじゃない。封筒に物置って書いてあったよ」

ハリーは怒った。

「だまらっしゃい！」

おじさんの大声で、天井からクモが数匹落ちてきた。おじさんは二、三回深呼吸して、むりに笑顔を取りつくろったが、相当に苦しい笑顔

◆ 第3章 ◆ 「手伝おうか」をどう断る ── 円滑な会話の運び方

だった。
「えー、ところで、ハリーや……この物置だがね。おばさんとも話したんだが……おまえもここに住むにはちょいと大きくなりすぎたことだし……ダドリーの二つ目の部屋に移ったらいいと思うんだがね」
「c. どうして？」
「d. 質問は許さん！さっさと荷物をまとめて、すぐ二階へ行くんだ」
おじさんはまたどなった。

(『賢者の石』1-1, pp.63-64)

　続いて、バーノンおじさんは、ハリーの部屋を2階の一室へ移動してはどうかとハリーに〈提案〉します。(3-23c)でハリーがその理由を〈尋ねる〉と、おじさんは、Don't ask questions! と言い、ハリーの質問に答えるどころか、さきほどの提案を受け入れて2階へ行くようにハリーに命じました。おじさんは、この「質問は許さない」ということばを、「規則」を破って〈質問〉してしまったハリーへの〈注意喚起〉〈叱責〉を行うために用いて、自分の都合のよいように会話を運んでいます。このダーズリー家の「質問は許さない」という規則は、私達が考える円滑な会話の進行とはほど遠く、自分達に好都合なように会話の行方を左右する「規則」としてまかりとおっていました。

　質問をしたい人が、〈質問することを予告〉してから、〈質問〉することがあります。これは、私達の日常会話でも、『ハリー・ポッター』の登場人物のやりとりでも見られる現象です。例えば、次の会話を見てみましょう。ハリーとダンブルドア先生とが、みぞの鏡の部屋で話しています。ハリーは先生から、この鏡には心の奥底にある一番強いのぞみが映るので、ハリーには家族が見えるのだと教えてもらいました。そして、もう鏡を探してはいけないとさとされ、ベッドに戻ってはどうかと促された後のことです。

Harry stood up.

'Sir — Professor Dumbledore? Can I ask you something?'

'Obviously, you've just done so,' Dumbledore smiled. 'You may ask me one more thing, however.'

<u>'What do you see when you look in the Mirror?'</u>

'I? I see myself holding a pair of thick, woollen socks.'

Harry stared.

'One can never have enough socks,' said Dumbledore. 'Another Christmas has come and gone and I didn't get a single pair. People will insist on giving me books.'

(*Philosopher's Stone*, p.230)

「あの……ダンブルドア先生、質問してもよろしいですか?」

「いいとも。いまのもすでに質問だったしのう」

ダンブルドアはほほえんだ。

「でも、もうひとつだけ質問を許そう」

「先生ならこの鏡で何が見えるんですか」

「わしかね？厚手のウールの靴下を一足、手に持っておるのが見える」

ハリーは思わず目を瞬いた。

「靴下はいくつあってもいいものじゃ。なのに今年のクリスマスにも靴下は一足ももらえなかった。わしにプレゼントしてくれる人は、本ばかり贈りたがるんじゃ」

(『賢者の石』1-2, p.86)

　ここでハリーが本当にしたかったのは、ダンブルドア先生への「鏡で何が見えるんですか」という質問でした。しかし、その前にCan I ask you something?（質問してもよろしいですか）と先生に〈尋ね〉て、先生から質問をすることの〈了解〉を得ています。このように、本題の行動に先立って、

◆ 第3章 ◆ 「手伝おうか」をどう断る —— 円滑な会話の運び方

やりとりが行なわれることがあります。日常の会話で「今度の週末空いてる？」と〈尋ね〉、相手から「空いてるよ」という〈返事〉をもらってから、相手を〈誘う〉という一連のやりとりもそのひとつの例です。

　Can I ask something? や Can I ask you a question? のように Can I X? という文の形（Xにはその後に行う行動の名前を当てはめる）を用いて相手の了解を得てから、本題の行動を行うということは、日常会話でもよく観察されます（Schegloff 1980）。他に、Let me X や I want to X や I would like to X. などのバリエーションがあります。(3-25) の破線部では、ハリーがハグリッドに I've got to ask you something. と述べて、後で質問を行うことを予告しています。

'[...] Hagrid, I've got to ask you something. You know that night you won Norbert? What did the stranger you were playing cards with look like?'

'Dunno,' said Hagrid casually, 'he wouldn' take his cloak off.'

(*Philosopher's Stone*, pp.284-285)

「［…］ねえハグリッド、聞きたいことがあるんだけど。ノーバートを賭けで手に入れた夜のことを覚えているかい。トランプをした相手って、どんな人だった？」

「わからんよ。マントを着たままだったしな」

ハグリッドはこともなげに答えた。

(『賢者の石』1-2, pp.172-173)

　話し手が後で質問をすることを予告すると、(3-25) では描写されていませんが、通常はそれを了解する反応が生じます。また、相手から了解を得た後も、すぐには予告した行動（X）に移らないということも観察されます。(3-25) でも破線部の後、ハリーは、質問しようとすることに関連する出来

事をハグリッドに思い出させようとしています。そうして、その後、その出来事の詳細に関連する〈質問〉を行い、ハグリッドに〈返答〉を求めています。

 ## そして会話は進む

　本章では、「話しながら行動をしている」という考え方をとり、登場人物の会話を観察しました。会話には、隣接ペアという基本的なやりとりの形が存在します。そして隣接ペアの第1部分（開始タイプ）には対応する第2部分（応じるタイプ）の種類がある程度決まっていること、対応の仕方も受け入れるタイプと断るタイプでは異なっていることを示しました。隣接ペアが複数連なっていくことで会話が進行します。先行するやりとりと同じ話題でつながる場合や、後に行う行動を予告するやりとりが行われることも観察しました。

　これまで述べてきたことについて、次の例を用いて、振り返っておきましょう。

　Then he [Harry] said, 'Sir, a. there are some other things I'd like to know, if you can tell me ... things I want to know the truth about ...'

　'The truth.' Dumbledore sighed. 'It is a beautiful and terrible thing, and should therefore be treated with great caution. However, b. I shall answer your questions unless I have a very good reason not to, in which case I beg you'll forgive me. I shall not, of course, lie.'

　'Well ... Voldemort said that he only killed my mother because she tried to stop him from killing me. But c. why would he want to kill me in the first place?'

　Dumbledore sighed very deeply this time.

　'd. Alas, the first thing you ask me, I cannot tell you. Not today. Not now. You will know, one day ... put it from your mind for now, Harry. When you are older ... I know you hate to hear this ... when you are

◆ 第3章 ◆「手伝おうか」をどう断る —— 円滑な会話の運び方

ready, you will know.'

(*Philosopher's Stone*, p.321)

「先生、僕、a. ほかにも、もし先生に教えていただけるのなら、知りたいことがあるんですけど……真実を知りたいんです……」

「真実か」

ダンブルドアはため息をついた。

「それはとても美しくも恐ろしいものじゃ。だからこそ注意深く扱わなければなるまい。しかし、b. 答えないほうがいいというはっきりした理由がないかぎり、答えてあげよう。答えられない理由があるときには許してほしい。もちろん、わしは嘘はつかん」

「ヴォルデモートが母を殺したのは、僕を彼の魔手から守ろうとしたからだと言っていました。c. でも、そもそもなんで僕を殺したかったんでしょう?」

ダンブルドアは今度は深いため息をついた。

「d. おお、なんと、最初の質問なのにわしは答えてやることができん。今日は答えられん。いまはだめじゃ。時がくればわかるじゃろう……ハリー、いまは忘れるがよい。もう少し大きくなれば……こんなことは聞きたくないじゃろうが……その時がきたらわかるじゃろう」

(『賢者の石』1-2, p.230)

本題となる隣接ペアは、(3-26c)のハリーの〈質問〉に対し、ダンブルドア先生が(3-26d)で応じるやりとりです。それに先だって、(3-26a)でハリーは、後に〈質問〉を行うことを予告しています。これを受けて、(3-26b)でダンブルドア先生が〈応答〉しています。ハリーが自分の質問について真実を教えてほしいと述べると、ダンブルドアは、答えられない理由がなければ答えてあげると返答しています(質問に答えたくないために、質問を許さないダーズリー夫妻とは大違いです)。実際に、ハリーから(3-26c)の〈質問〉があると、その内容を聞いて、ダンブルドアは深いため息をつきました。そ

79

のため反応の遅れが生じます。そして今は忘れるのがよく、大きくなれば、その時が来たらわかるから、と〈返答できない理由を説明〉します。〈断り〉の応答と同様の特徴が見られます。ハリーは、この〈質問〉には答えてもらうことはできませんでしたが、別の質問を行います。「そのほかにもお聞きしたいことが…」と言うハリーに、ダンブルドア先生は「どんどん聞くがよい」と応じてくれたので、ハリーは次々と疑問を明らかにすることができました。こうして会話が円滑に進んでいきました。

《参考文献》

Levinson, Stephen C. (1983) *Pragmatics.* Cambridge: Cambridge University Press.

Schegloff, Emanuel A. (1980) "Preliminaries to preliminaries: 'Can I ask you a question?'" *Sociological Inquiry,* 50:104-152.

Schegloff, Emanuel A. and Harvey Sacks (1973) "Opening Up Closings," *Semiotica* 8: 289-327.

第4章

「衣を見事に着こなす」とは

―― 4種類の比喩 ――

1　比喩を観察する

『ハリー・ポッター』を読んだ後に記憶に残る、大変印象深くて感動的な多くの表現が比喩を用いた表現です。本章のタイトル「衣を見事に着こなす」は、とても印象に残った最終章の下記（4-1）の表現を取ったものです。その解釈には文脈が大切なので、詳しい解説と効果の観察は後の節に譲りますが、ダンブルドアがハリーをとても誇りに思い、その素晴らしい働きを心からほめていることや、その根底にあるハリーに対する深い愛がとても効果的に表現されていると思います。こんな風に褒めることができるダンブルドアの人としての素晴らしさも伝わってきます。

'[...] It is a curious thing. Harry, but perhaps those who are best suited to power are those who have never sought it. <u>Those who, like you, have leadership thrust upon them, and take up the mantle because they must, and find to their own surprise that they wear it well</u>.'

(*Deathly Hallows*, pp.586-587)

「[…] 興味深いことじゃが、ハリーよ、権力を持つのに最もふさわしい者は、それを一度も求めたことのない者なのじゃ。<u>きみのように、やむなく指揮を執り、そうせねばならぬために権威の衣を着る者は、自らが驚くほど見事にその衣を着こなすのじゃ</u>」

（『死の秘宝』7-4, p.241）

具体的な例の観察を始める前に、この節では、本章が焦点を当てる4種類の比喩——シミリ（直喩ちょくゆ）、メトニミー（換喩かんゆ）、メタファー（暗喩あんゆ）、シネクドキ（提喩ていゆ）——がどういう性格を持つものなのかを手短に確認しておきましょう。それから、用語についてですが、日本語はどれも「○喩」という形

◆ 第4章 ◆「衣を見事に着こなす」とは──4種類の比喩

になっていて少し紛らわしいので、ことばの分析をする際に、私たちはカタカナの方を用いることが多く、ここでもその習慣に習いたいと思います。

a. シミリ　　　（直喩）　ジュリエットは太陽のようだ。
b. メタファー　（暗喩）　月見うどん
c. メトニミー　（換喩）　きつねうどん
d. シネクドキ　（提喩）　親子丼

　さて、上記（4-2a）の「ジュリエットは太陽のようだ」のように、日本語なら「〜のような」「〜のように」などの表現、英語ならlike...（…のような）やas if...（まるで…のように）などの表現を用いて、なにかに見立てていることをはっきりとことばで示している比喩をシミリといいます。シミリは、字義通りに解釈される比喩です。

　一方、（4-2b）以降にあげたメタファー（暗喩）、メトニミー（換喩）、シネクドキ（提喩）の三つは、字義どおりではない解釈がなされる比喩で、比較しながらよく一緒に議論されます。この3種類の比喩の特徴づけについては、言語学の瀬戸賢一の論文（1997）が、（4-2b）「月見うどん」と（4-2c）「きつねうどん」、（4-2d）「親子丼」の例を用いて、明快でわかりやすい説明をしていますので、ここではそれを採用させていただきたいと思います。

　（4-2b）「月見うどん」を思い浮かべてください。うどんの上に何がのっているでしょうか？　そう、卵です。うどんの上にのっている卵が、お月見の時に空に浮かんでいる満月に似ているので、それに見立てて月見うどんと呼ばれます。卵と月が似ていることに基づく比喩です。これが類似性（似ていること）に基づくメタファーです。また、先の（4-2a）の「ジュリエットは太陽のようだ」はシミリでしたが、「ジュリエットは太陽だ」になるとメタファーです。ジュリエットを太陽に見立てています。月見うどんの場合は、卵と月の形が似ていることによるメタファーでした。ジュリエットの場合、

83

ジュリエットと太陽の形は似ていませんが、ロミオにとってどういう意味を持つか（性質／特性）という点で似ているわけです。私たちはいろんなモノの間に類似性を見出します。

一方、（4-2c）「きつねうどん」の場合、うどんの上にのっている具は何でしょうか？ そう、油揚げです。ではなぜ「きつねうどん」というのでしょう？ それは、油揚げが狐の好物だから、と言われています。「狐」を思い浮かべると、それと一緒に「油揚げ」も一緒に思い浮かぶんですね。この、いつも一緒にいる／思い浮かぶ、つまり「近くにいる／あること」に基づいて、「きつね」という語が「油揚げ」を指す（指示がずれる）現象、と言うことができます。これが近接性（近くにあること）に基づくメトニミーです。例えば「赤ずきんちゃん」という表現もメトニミーです。ここでは「赤ずきん」で「赤ずきんをいつもかぶっている女の子」を指します。さらに「ボルドー」はワインの産地の名前ですが、ボルドー産のワインも指します。「漱石」は作家の名前ですが、「そこの漱石を取ってくれ」と言うときの「漱石」は彼の作品を指します。これらも近接性に基づくメトニミーです。

では次は（4-2d）「親子丼」です。親子丼の具は何でしょうか？ そう、鶏の肉と卵ですね。具の鶏肉と卵が親子の関係にあるので、親子丼と呼ばれます。ですが厳密にいうと、「親子」という表現は「鶏」の親子に限られるわけではなく、人間の親子も羊の親子もイルカの親子も親子です。「鶏の親子」は「親子」の一種です。「親子」は類の名前で、「鶏の親子」はその一種です。親子丼は、類を表す「親子」という表現でその一種の「鶏の親子」を指しています。これは類と種の包摂関係（含む含まれる関係）に基づくシネクドキです。

表現とそれが実際にさすモノの間に「AはBの一種である」という関係が成り立つ時、つまりAとBの間に包摂関係がある時、その表現をシネクドキと言います。例えば、「花見」の「花」（類）は「桜の花」（種）を指し、「桜の花」は「花」の一種です。この場合「類」を表す「花」が表現に用いられています。逆に「種」の方が表現として用いられる場合もあります。例えば「筆箱」の場合は、「筆」（種）で筆記用具一般（類）を指します。「筆」は「筆

◆ 第4章 ◆「衣を見事に着こなす」とは —— 4種類の比喩

記用具」の一種ですので、これも「AはBの一種である」という包摂関係に基づくシネクドキです。

　以上、本章で扱う四つの比喩を、瀬戸の分析に基づいて手短に解説しました。瀬戸（1997）は下記（4-3）のように述べています。少し長いですがそのまま引用します。うどん屋さんに入って、こんな観察ができる言語学者ってすばらしいと思います。

　湯気を立てたニシンソバには、ニシンが入っている。代わりに数の子が入っていれば変である。しかし、ことばはいつもニシンとソバでニシンソバ、とは限らない。ひねったり、ねじったり、かすめたり、すかしたり……知ってか知らずかいろいろと工夫を凝らす。試しに店の品書きをのぞいてみよう。まず目につくのが、月見うどん。ぽっかり浮かんだ卵の黄身が月の見立てと分かる。とすれば、あつあつの汁におぼろげに浮き出た白身は、月をふちどる白雲か。

　隣のきつねうどんには、油揚げが浮かんでいる。これをうっかりニシンソバと同じように考えることはないが、かといって、いくら油揚げをにらみつけても、それが突然キツネに化けるわけでもない。月見は似ているが、狐と油揚げは全然似ていない。油揚げは、ただ、狐の好物である。両者は、私たちの（想像）世界のなかで結び付く。この密接な結び付きが、ことばの綾を生むもう一つのきっかけとなる。

　目をさらに横に走らせば、親子丼に行き当たる。親子には、本来、いろいろな親子があるだろう——人の親子、アヒルの親子、メダカの親子……というように。丼の親子は、これらのなかから、鶏と卵の組をこっそり選び出す。これは、何かが何かと似ているのでも、何かが何かと結び付いてるのでもない。だから、月見ともきつねとも異なる、また別種の命名法である。類と種の関係といってよい。親子という一般的な類名を用いて、鶏と卵という特定の種名を表す方法。ここにも、表現としてのニシンソバの味気無さを避けようとすることばの働きが

85

感じられる。
　これらをレトリックの用語で述べれば、月見はメタファー（暗喩）、きつねはメトニミー（換喩）、親子はシネクドキ（提喩）に相当する。

(瀬戸 1997, pp.4-6)

　この節では、4種類の比喩の特徴（見分け方）を確認しました。シミリは「〜のように」や like... のような表現があるので分かりやすいのですが、後の三つは混乱することがあります。迷ったら（4-2）を思い出してください。「メタファーは月見うどん」で類似性（似ている）、「メトニミーはきつねうどん」で近接性（近くにいる／ある）、「シネクドキは親子丼」で「A は B の一種である」が成り立つ包摂関係にそれぞれ基づく比喩です。実際の例を観察すると、これらがいくつか組み合わさった複雑なものもあります。それがまた効果的な表現になっているので大変興味深いのですが……。では次節から、『ハリー・ポッター』の具体例を順に観察することにしましょう。便宜上メタファーを最後に扱います。

　「静かに降る雪のように」はシミリ(直喩)

　先の節で確認しましたように、シミリ（直喩）は、日本語なら「〜のような／ように」など、英語なら like... や as if...、as though... などのような、何かに見立てていることをはっきり示す表現を伴う比喩でした。言語学的な説明はこれだけなのでシンプルなのですが、このシミリを用いた表現は、リアルな情景を効果的にイメージさせる力があります。『ハリー・ポッター』の中からいくつか具体例を観察してみましょう。

　(4-4) は『賢者の石』からの例です。ハリーの11歳の誕生日が近づいてきたある日、ハリー宛にフクロウ便が到着します。ホグワーツ魔法学校の入学許可の手紙だったのですが、魔法が大嫌いなダーズリー家（両親を亡くしたハリーが身を寄せる伯母の一家）の人たちはハリーにそれを読ませません。それを知ってか、次々に到着するフクロウ便の洪水から逃れるために、ダー

◆ 第4章 ◆「衣を見事に着こなす」とは —— 4種類の比喩

ズリー一家はハリーを連れて、電気もガスもない離れ小島の小屋に逃げ込みます。折しも嵐、薄いボロ毛布1枚で床に寝る寒い夜です。そこに突然ホグワーツのダンブルドア校長の使いでハグリッドがやってきて、魔法でその小屋の暖炉に火をおこします。

> [...] It [The fire] filled the whole damp hut with flickering light and Harry felt the warmth wash over him as though he'd sunk into a hot bath.
> (Ph:losopher's Stone, p.52)

> 火は湿った小屋をちらちら揺らめく明かりで満たし、ハリーは温かい湯にとっぷりとつかったような温もりが体中を包むのを感じた。
> (『賢者の石』1-1, p.81)

暗いジメジメした部屋が、明るく温かくなるその様子を、(4-4) 下線部「ハリーは温かい湯にとっぷりとつかったような温もりが体中を感じ

た」とシミリを用いて述べています。惨めな状況にいるハリーが、どんなに心地よく救われたように感じたかが、寒い日に温かいお風呂につかった時のあの感じ、読者が持つ具体的な経験やイメージを喚起することで、効果的に伝わってきます。

　話しはずっと進んで、(4-5)は第7巻『死の秘宝』からの例です。闇の帝王ヴォルデモートを倒すのに必要な「ハッフルパフのカップ」を手に入れるために、ハリーとロン、ハーマイオニーの3人がグリンゴッツ銀行破りをし、小鬼たちの追っ手を振り切って、ドラゴンの背に乗って逃げます。空を猛スピードで飛ぶドラゴンの背にしがみついているハリーが、下を見た時の様子が (4-5) の下線部のようにシミリで表現されています。

> The sun slipped lower in the sky, which was turning indigo; and still the dragon flew, cities and towns gliding out of sight beneath them, <u>its enormous shadow sliding over the earth like a great, dark cloud.</u> Every part of Harry ached with the effort of holding on to the dragon's back.
>
> (*Deathly Hallows*, p.444)

> 　太陽が傾き、空は藍色に変わる。ドラゴンは依然として飛び続けている。大小の街が矢のように通り過ぎ、<u>ドラゴンの巨大な影が、大きな黒雲のように地上を滑っていく。</u> ドラゴンの背に必死にしがみついているだけで、ハリーは体中のあちこちが痛んだ。
>
> (『死の秘宝』7-3, p.253)

　周りを田んぼに囲まれた田舎に住んでいた私は、下校途中で、太陽の照っている明るい場所と雲の影になっている暗い場所の境界が、自分を含めた地面を凄いスピードで移動するのを目にしたことが何度もありましたので、この「<u>ドラゴンの巨大な影が、大きな黒雲のように地上を滑っていく</u>」様子が

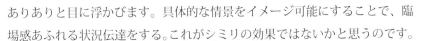

ありありと目に浮かびます。具体的な情景をイメージ可能にすることで、臨場感あふれる状況伝達をする。これがシミリの効果ではないかと思うのです。

（4-6）も第7巻『死の秘宝』からの例ですが、話はさらに進み大詰めです。自分自身が分霊箱になっていることを知ったハリーは、ヴォルデモートを倒すためには自分が死ななければならないことを理解します。ハリーは抵抗することなく、ヴォルデモートのアバダケダブラ（「死の呪文」）を受けて倒れます。その直後、生死の境にいるのでしょうか、ハリーが、既に亡くなっているダンブルドアといろいろ話をする場面です。

[...] The realization of what would happen next settled gradually over Harry in the long minutes, like softly falling snow.
'I've got to go back, haven't I?'

(*Deathly Hallows*, p.590)

［…］その長い時間に、ハリーには次になにが起こるのかが、静かに降る雪のように徐々に読めてきた。
「僕は、帰らなければならないのですね？」

(『死の秘宝』7-4, pp.247-248)

だんだん次に自分がどうするべきかが分かってくる様子を、下線部「静かに降る雪のように」とシミリで表現しています。風のない日にしんしんと降る雪のあのイメージが浮かんできます。突然閃（ひらめ）くのではなく、推論の段階を一つ一つはっきりと辿るのでもなく、あくまでも音もなく静かにスーッとわかってくる感覚が、うまく伝わります。ここでもシミリは、具体的な情景をイメージ可能にすることで、その経験に伴われた印象／感覚を伝達しています。これがシミリの効果ではないかと思うのです。

この節では、「〜のように／な」（like..., as though...）などの見立てをはっきり示した比喩「シミリ」の例を観察しました。それぞれ（4-4）の「お風

呂の温もり」、(4-5)の「黒雲の移動」、(4-6)の「静かな降雪」に関する過去の経験を喚起しイメージ可能にすることで、それに伴われる臨場感や印象／感覚をも喚起して、記憶に残る効果的な表現となっていることを見ました。次節では「きつねうどん」のメトニミーに目を向けることにしましょう。

 3　「ウィーズリーしちゃう」はメトニミー(換喩)

　この章の最初の節で見たように、「きつねうどん」は、狐の好物が油揚げだという「狐」と「油揚げ」の近接性に基づいて指示がずれるメトニミーでした。ハリー・ポッターの作品には、記憶に残る「うまい！」メトニミー表現がたくさん見つけられます。この節では、その中から三つを選んで、何と何が近接関係で、それでどういう効果があるのかを観察したいと思います。

　(4-7)は『アズカバンの囚人』からの例です。ホグワーツでは学期最後の週末のホグズミード（繁華街）行を皆楽しみにしています。ハリーは保護者の許可証がないので、学校に居残りなのですが、秘密の通路を教えてもらって密かにホグズミードに出かけます。パブの『三本の箒』でくつろいでいると、ファッジ魔法大臣やマクゴナガル先生たちが入ってきたので、慌ててテーブルの下に隠れます。(4-7)はその時の様子を述べたものです。

'So you'll be the redcurrant rum, Minister.'
'Thank you, Rosmerta, m'dear,' said Fudge's voice. 'Lovely to see you again, I must say. Have one yourself, won't you? Come and join us...'
'Well, thank you very much, Minister.'
Harry watched the glittering heels march away and back again.

(*Prisoner of Azkaban*, p.213)

「それじゃ、大臣は紅い実のラム酒ですね？」
「ありがとうよ。ロスメルタのママさん」ファッジの声だ。「君にまた会えてほんとにうれしいよ。君も一杯やってくれ……こっちきて

◆ 第4章 ◆「衣を見事に着こなす」とは ── 4種類の比喩

一緒に飲まないか?」
「まあ、大臣、光栄ですわ」
<u>ピカピカのハイヒールが元気よく遠ざかり、またもどってくるのが見えた。</u>

(『アズカバンの囚人』3-1, p.300)

　下線部の「ピカピカのハイヒール」で、ピカピカのハイヒールを履いているマダム・ロスメルダを指しています。部分(ハイヒール)で全体(マダム・ロスメルダ)を指すメトニミーです。

　部分で全体を指すメトニミーは、あまり意識をすることはないかもしれませんが、少し意識すると日常生活でよく使われていることに気づきます。例えば「今日の会議には顔を出せよ」と言うとき、「顔」(部分)で「その顔を持つ人物」(全体)を指しています。「手を貸す」なども、単に「手」だけを貸しているのではなく(そんなことは不可能ですし)、「手を含む体全体を使ってする」作業や業務を指すメトニミーです。では、なぜこのような表現を使うのかというと、省エネで分かりやすく伝えるためだと言えるのではないでしょうか。誰が出席しているかを見るとき「顔」が一番際立ちます。何か作業を手伝う際に際立つのは「手」だといえるでしょう。上記ハイヒールの例も、机の下に隠れているハリーには、そのピカピカのハイヒールが際立つモノだったのでしょう。このように、メトニミーは効率よく伝達する手段と言えそうです。

　次の(4-8)も大変効率のいい興味深いメトニミーです。この例には、少し文脈の説明が必要です。6年生のウィーズリー家の双子フレッドとジョージは、いたずら好きで発明の才があり、魔法のお菓子やおもちゃを発明しては通信販売をしたりして、店を持つ準備を進めていました。そんな折、ヴォルデモートの復活を認めたくない魔法省は、それを公言するハリーやダンブルドアに不信感を露わにするようになり、ホグワーツにアンブリッジを送り込んで干渉し始めます。アンブリッジの「闇の魔術の防衛術」の授業は教科書を書き写すばかりで、実践力を身につけたい生徒には大不評。その上、教

員を査定してクビにしたり、生徒が集まることを禁止したり、気に食わない学生に体罰を与えたり……と、どんどん自由がなくなっていくホグワーツに、フレッドとジョージは愛想をつかします。自分たちが発明した「携帯沼地」や「暴れバンバン花火」などの魔法の悪戯おもちゃを使って、アンブリッジを窮地に追い込む大騒動を起こした挙句、箒に乗ってホグワーツを去って行きました。このウィーズリー兄弟の自由への逃走劇は、生徒たちにはとてもかっこよく見えたようです。(4-8)は、そんな事件後の様子を述べています。

[...] Harry frequently heard students saying things like, [...] 'One more lesson like that and I might just do a Weasley.'

(*Order of the Phoenix*, p.624)

[…] 寄ると触ると生徒たちがその話をするのが、始終ハリーの耳に入ってきた。[…]「あんな授業がもう一回あったら、僕は即、ウィーズリーしちゃうな」とかだ。

(『不死鳥の騎士団』5-4, p.48)

注目したいのは(4-8)下線部の do a Weasley「ウィーズリーする」です。この表現で、「ウィーズリー兄弟がやったような『かっこいい』自由への逃走」を実行することを意味しているわけですから、① Weasley「ウィーズリー」という苗字／ファミリーネームで「ウィーズリーがやったようなこと」を意味していることになります。これは「人の名前」が「その人がやった行為」に指示がずれるメトニミーの現象です。ウィーズリーがやったことをそのまま述べると、長ったらしい文になりますが、それを知っている人との会話では do a Weasley「ウィーズリーする」ですぐに「あの事件ね」と理解できる、大変効率のいい、そして小気味のいい表現方法だということが分かります。

もう一つ興味深い点は、②そのメトニミー表現が、英語の do a Weasley と日本語の「ウィーズリーする」でよく似た構造をしていることです。これ

◆ 第4章 ◆ 「衣を見事に着こなす」とは──4種類の比喩

は人の名前がそれに関連する行為（モノ）を指すように指示がずれるメトニミー表現の形成が、日本語と英語で同じように起こっていることを示しています。一方、③ Weasley に冠詞の a がつく点は英語ならではの特徴で、固有名詞が普通名詞化していることを示しています。

実は固有名詞は、普通名詞化するだけでなく物質名詞化もしますし、動詞化もします。この現象は面白いので、ハリーから少しそれますが、具体例を簡単に指摘しておきたいと思います。

> a. The museum owns two Renoirs and a Picasso.
> その美術館は、ルノワールを2点とピカソを1点所蔵している。
> b. I haven't read much Dickens, I'm afraid.
> ディッケンズはあまり読んでないんだ。
> c. You f..king bucknered it! Why is Buckner on my team?
> くそっ、バックナー（ゴロをトンネル）しやがって！何でバックナーが俺のチームにいるんだ？
>
> (https://getyarn.io/yarn-clip/7aa1c3a8-edd1-434e-9761-315a645453d9)

ルノワールやピカソは画家の名前ですが、(4-8'a) では、「作品」を表す普通名詞になり、two Renoirs と複数形になったり、a Picasso と冠詞の a がついています。固有名詞が普通名詞化していることを示しています。次に、(4-8'b) は読書した量のことを述べている例です。ディッケンズは小説家の名前ですが、not read much Dickens と much がついていることから、Dickens が物質名詞化していることが分かります。固有名詞が物質名詞化している例です。

さらに (4-8'c) は固有名詞が動詞化！しています。Buckner 氏には気の毒なことなのですが、1986年の野球のワールドシリーズのメッツ戦で、バックナーの（ゴロをトンネルした）エラーが原因で、レッドソックスが優勝を逃したことが、野球の歴史で最も記憶に残るプレイの一つになっています。

93

その Buckner 氏の名前が「ゴロをトンネルする」という行為を表す動詞として使われています。頭文字も小文字になっていますので、その動詞化の程度がうかがえるところも大変興味深いところです。固有名詞が動詞化している例です。このような動詞化は、buckner と言えばすぐに多くの人が「あのことね！」と喚起できる印象的な出来事が共通経験としてあってこそ、生じるものだといえるでしょう。この点は、先に見た (4-8) の do a Weasley「ウィーズリーする」にも当てはまります。現実世界で多くの人に長く語り継がれたら、weasley という動詞になるかもしれません。やはりメトニミー表現は、経済的かつ効果的に伝達する方法なのです。

『ハリー・ポッター』に戻りましょう。(4-9) は最終巻の第7巻からの例です。闇の力がますます拡大し、魔法省自体がヴォルデモートにほぼ乗っ取られ、不死鳥の騎士団を敵と見なすようになっていました。不死鳥の騎士団員のアーサー・ウィーズリー（ロンの父）は魔法省勤務でしたので、かなり危険な立場にあり、その行動は常に監視されていました。(4-9) は、アンブリッジの部屋にあったアーサー・ウィーズリーに関するファイルの記述です。

Security Status:TRACKED […]
Strong likelihood Undesirable No.1 will contact (has stayed with Weasley family previously).

(*Deathly Hallows*, p.204)

警備　監視中 […]
　「問題分子」ナンバーワンが接触する可能性大（以前にウィーズリー家に滞在していた）。

(『死の秘宝』7-2, 87)

Undesirable No.1「問題分子ナンバーワン」とはハリーのことです。これは、ある人が持つ顕著な特性でその持ち主を指すメトニミーです。これは、私た

◆ 第4章 ◆「衣を見事に着こなす」とは —— 4種類の比喩

ちの日常生活でもよく見かけるタイプで、例えば、the young（若者）、the old（老人）、the rich（お金持ち）、the poor（貧しい人）などと同じです。(4-9)の特性の取り上げ方で、魔法省が今やハリーを敵だと見なしていることが分かります。

この節では、(4-7)「ピカピカのヒール」でそれを履いているマダム・ロスメルダを、(4-8)「ウィーズリーする」で彼らがやった自由への逃走行為を、(4-9)「問題分子ナンバーワン」という特性でその特性を持つハリーを指すように指示対象がずれるメトニミー表現を観察しました。どれも、伝えたい対象に関わる最も際立つものを用いてその対象を喚起させる、大変経済的で効果的なコミュニケーション方法であるように、だんだん見えてきますね。

次の節では、類と種の関係に基づくシネクドキの例を観察しましょう。

 「儀礼的な会話以上のもの」はシネクドキ（提喩）

この章の第1節で見たように、「親子丼」は、類を表す「親子」という表現でその一種「鶏の親子」を指すもので、類と種の関係——「AはBの一種である」という包摂関係——に基づくシネクドキでした。実家に行くと父は「飯食ったか」と聞きます。お米を炊いた「飯」でもって「食事一般」を指すシネクドキです。一方「今日はお天気だ」は、「天気」という類概念でその一種の「晴れ」を意味するシネクドキです。これらは、日常の生活で当たり前のように周りにある表現なので、指摘されるまで気付かないことも多いのですが、類にも種にも、ちゃんと単語があるので、「AはBの一種である」が大変わかりやすいと思います。

実は、ハリーの作品で記憶に残る「シネクドキ表現」には、既存の単語がない場合が結構あります。ですが、その表現と具体的に指しているモノの関係を考えると「AはBの一種である」が成り立っているように思えるのです。それらの表現はどれもとても印象的なので、この節で取り上げて、AとBの関係とその効果を観察したいと思います。

(4-10) は DVD『ハリー・ポッターと不死鳥の騎士団』の最後のセリフの

部分です。ハリーは、ヴォルデモートと自分に関する予言の内容をダンブルドア校長室で知ります。「一方が生きるかぎり、他方は生きられぬ」ことに愕然とし、ハリーが「闇の帝王の知らぬ力を持つ」というのはどういうことか、その意味を考えます。そして、学期が終わりホグワーツ特急の駅に向かう途中、(4-10) に示したように、ロンとハーマイオニーにハリーが話す場面で、このDVD第5巻は終わります。

> a. **Harry:** I've been thinking about something Dumbledore said to me.
>   校長と話して考えた。
> b. **Hermione:** What's that?
>   何を？
> c. **Harry:** That even though we've got a fight ahead of us, we've got one thing that Voldemort doesn't have.
>   僕たちはヴォルデモートにないものを持っている。
> d. **Ron:** Yeah?
> e. **Harry:** <u>Something worth fighting for.</u>
>   守るべきものだ。
>
> (J.K. Rowling, *Harry Potter and the Order of Phoenix*, DVD, 02:07,45)

(4-10e) Something worth fighting for には「守るべきものだ」という簡潔で見事な日本語字幕がついています。ヴォルデモートと命懸けで戦ってきたハリーは、(4-10c)「この先も戦いが待っているだろうけど、僕たちは、ヴォルデモートが持っていないものを持っている」、(4-10e)「(命を懸けて) 戦う (守る) 価値のあるもの」だと言っています。ハリーたちには「愛する人々がいる」けれど、ヴォルデモートにはいない、というふうに解釈できます。ハリーが持っている「闇の帝王の知らぬ力」とは、ダンブルドアなら「愛」と言うでしょう。

　この解釈が間違いでないとしたら、(4-10e) は、something worth fighting

◆ 第4章 ◆「衣を見事に着こなす」とは —— 4種類の比喩

for「守るべきもの」という一般的な類概念で、その一種である「愛する人たち」を指しているシネクドキだと見なすことができます。ハリーは両親（リリーとジェームズ）に深く愛されていました。両親の死後マグルの世界で孤独だったハリーが、ホグワーツ入学をきっかけに、多くの人に愛され、また愛する人々を得ます。実際、映画でハリーがこの発話をする場面では、隣にロンやハーマイオニーがいて、すぐ後ろにはジニー、ネビル、そしてルーナの顔が見え、次にその後ろに同級生、さらに他の学年の生徒が写し出されます。名付け親のシリウス（この時点では亡くなっていますが）はもちろん、不死鳥の騎士団のメンバーもその「種」の中に含まれるでしょう。

「AはBの一種である」が成り立ち、類概念のBでその一種であるAを指すという点では、「親子丼」と同じメカニズムです。異なるのは、（4-10e）「守るべきもの」にはAとBに該当する単語がないこと、親子丼は（慣習になっているからか）意識せずに鶏の親子を選んでいますが、（4-10e）はその場で聞き手が推論してA（種）を特定していること、と言えるでしょう。（4-10e）でハリーが意図する内容を、シネクドキ表現を使わずに表現したとしたら、長々とした文になります。（4-10e）は、わずか4単語で、様々なことを喚起させてハリーの意図を伝達します。印象に残る大変効果的な表現による終わり方のように思いました。シネクドキにこんな力があるというのは発見です。

　話は進んで、次は『死の秘宝』からの例です。ハリーは、成人して（17歳になって）、母リリーの保護呪文の力が無くなる前にダーズリー家を離れ、「隠れ穴」（騎士団の本部／ロンの家）に移動します。ハリーが、亡きダンブルドアの命を受け、ロンとハーマイオニーと共にホグワーツを退学して、ヴォルデモートを倒すための旅に出る準備を急いでいることを周囲は感じています。もう二度と生きて会えないかもしれない緊迫感の中、ハリーは17歳の誕生日を迎えます。ロンの妹ジニーはハリーを部屋に呼んで、誕生日のプレゼントに「私を忘れないように」「特別なキス」をしますが、ロンが部屋に飛び込んできてそれきりになります。ハリーは、その後のジニーの様子を（4-11）のように述べています。

> Ginny did not seek another one-to-one meeting with Harry for the rest of the day, nor by any look or gesture did she show that they had shared more than polite conversation in her room.
>
> (*Deathly Hallows*, p.94)

> その日は一日中、ジニーはけっしてハリーと二人きりで会おうとはしなかった。そればかりか、自分の部屋で二人が儀礼的な会話以上のものを交わしたことなど、素振りも見せず、おくびにも出さない。
>
> (『死の秘宝』7-1, p.184)

（4-11）下線部は、直接的な単語をあえて避けて、その上位の類概念の表現を用いた結果のシネクドキとでも言える例です。

more than polite conversation（儀礼的な会話以上のもの）は、この文脈ではジニーの部屋で交わした「特別なキス」を指しています。「特別なキス」は「儀礼的な会話以上のもの」の一種なので、親子丼と同じタイプのシネクドキですが、この例でも類概念には既存の単語がありません。そしてその効果は、親子丼とは少し異なっているように思われます。「特別なキス」を指すのに、あえて上位の類概念「儀礼的な会話以上のもの」という表現を使うことで、明確さ具体性をぼんやりさせると同時に、そのキスが持つ性格を際立たせています。ハリーの気持ちが伝わってくるような表現です。

話はさらに進んで、（4-12）の場面は最終決戦が行われるホグワーツです。ヴォルデモートを倒すには、七つの分霊箱を全て破壊しなければなりません。このことを知っているのは、ヴォルデモート自身と亡きダンブルドアとハリー、ロン、ハーマイオニーです。これまで、リドルの「日記」、ゴーントの「指輪」、スリザリンの「ロケット」、ハッフルパフの「カップ」を破壊してきました。今、「何百年も前に失われたと言われている」レイブンクローの「髪飾り」をホグワーツで探しています。そのことに気づいたヴォルデモートが、激し

◆ 第4章 ◆「衣を見事に着こなす」とは —— 4種類の比喩

い怒りに燃えて、今まさにホグワーツに向かっている状況で、ハリーがマクゴナガル先生に語りかける場面です。

'Time's running out. Voldemort's getting nearer. Professor, I'm acting on Dumbledore's orders, I must find <u>what he wanted me to find</u>! […]'

(*Deathly Hallows*, p.485)

「時間がありません。ヴォルデモートがどんどん近づいています。先生、僕はダンブルドアの命令で行動しています。<u>ダンブルドアが僕に見つけて欲しかったもの</u>を、探し出さなければなりません！［…］」

(『死の秘宝』7-4, p.46)

　ダンブルドアは、二つ目の分霊箱（ゴーントの指輪）を破壊した後しばらくして、ハリーたちに後を託して亡くなります。(4-12) <u>what he wanted me to find</u>（ダンブルドアが僕に見つけて欲しかったもの）は五つ目の分霊箱で、ヴォルデモート自身と大蛇のナギニとを合わせて合計七つになります。ダンブルドアに託された時点ではそれが何かは不明でしたが、この発話時点では、残りの1点はおそらくレイブンクローの髪飾りであることが分かっていました。ですので、(4-12)の下線部は、「ダンブルドアが僕に見つけて欲しかったもの」という類概念の表現を用いて、その一種である「分霊箱」さらには「レイブンクローの髪飾り」を指しているシネクドキだと言えます。

　ただこの場面で、ハリーが話している相手はマクゴナガル先生で、上記の事情を知りません。「分霊箱」などと言ってもかえって長い説明が必要になり、この緊急事態では不適切です。ハリーは、とにかく、ダンブルドアの命令で探し物をしていることを知らせて、マクゴナガル先生に安心してもらい、生徒の安全確保の方に協力を得られたら、と思ったのでしょう。すべてを理解しているハリーと読者にとっては、(4-12)「<u>ダンブルドアが僕に見つけて欲しかったもの</u>」は「分霊箱／レイブンクローの髪飾り」を指すシネクドキ

99

と見なせますが、聞き手のマクゴナガル先生にとっては、そうではありません。話し手が、聞き手の理解度に合わせてことばの抽象度を選択していることを示す例だと言えるでしょう。

以上のような『ハリー・ポッター』の例を観察して、私たちの日常に見られる「親子丼」や「筆箱」を観察しているだけでは気づかないシネクドキの力／効果に気づかされました。(4-10)「守るべきもの」、(4-11)「儀礼的な会話以上のもの」、(4-12)「ダンブルドアが僕に見つけて欲しかったもの」は、全て類概念でその一種を指示する例です。これらの類概念は、該当する種の特徴を明確に際立たせており、それぞれに類概念を用いる理由がありました。その場面ではその表現でなければ伝達できないことを伝達する、最も効果的な表現がシネクドキだったのだと言えるでしょう。

さて、次の本章最後の節ではメタファー表現を観察することにしましょう。

5 「衣を見事に着こなす」はメタファー(暗喩)

「月見うどん」は、うどんの上に乗っている卵と、月見のときの空に浮かぶ満月が似ている、という類似性に基づくメタファーでした。「ジュリエットは太陽だ」では、ジュリエットと太陽の外見は全く似ていませんが、ロミオに対して持つ性格が似ている、という類似性に基づくメタファーでした。人は様々な物の間に類似性を見出します。『ハリー・ポッター』の作品には、記憶に残る感動的な！ あるいは「うまい！」、あるいは「にやっとする」メタファー表現をたくさん見つけることができます。この節では、その中から最もシンプルな例と、最も複雑で感動的な例、そしてちょっと笑わせる例の三つを選んで、そのメカニズムと効果を観察したいと思います。

(4-13)はクィディッチの試合の場面なので、このスポーツを簡潔に説明します。クィディッチは、魔法界の大人気スポーツで、1チーム7名の選手が箒に乗って空中で戦う、ハンドボールとラグビーを混ぜたようなかなり荒っぽい球技です。ピッチの両端に三つの輪っかのゴールが（空中に）あり、

◆ 第4章 ◆「衣を見事に着こなす」とは──4種類の比喩

1人のキーパーが守ります。クアッフルと呼ばれるボールを相手方の三つのゴールのどれかに入れたら10点得点。一方、スニッチという金色の小さい羽根つきボールが独自の素早い動きで飛んでいるのですが、シーカーがそれを捕まえたら150点得点でゲーム終了です。その間に、ビーターはブラッジャーというボールを棍棒で相手の選手を狙ってたたきつけて妨害することができます。箒に乗った猛スピードの空中戦なので、ぶつかることもありますし、ブラッジャーをまともにくらって落下したりすると大怪我をします。魔法で治すので、死ぬことはまずないようですが……。ホグワーツでは毎年の寮対抗戦に、ほぼ全員が自分の寮のカラーの服を着て応援スタンドを埋めます。スリザリンは緑、グリフィンドールは赤です。

（4-13）はそのクィディッチの優勝戦、今年はグリフィンドール対スリザリンです。ハリーはグリフィンドールのシーカーです。リー・ジョーダンの熱気あふれる解説の後、グリフィンドールがゴールを決めた瞬間の応援スタンドの様子が、メタファーで表現されています。

> リー・ジョーダン：「［…］グリフィンドール、ふたたび攻撃です。行け、アンジェリーナ──モンタギュー選手をうまくかわしました──アンジェリーナ、ブラッジャーだ。かわせ！──ゴール！１０対０、グリフィンドール得点！」
>
> Angelina punched the air as she soared round the end of the pitch; <u>the sea of scarlet below was screaming its delight</u> ─
>
> (*Prisoner of Azkaban*, p.326)
>
> アンジェリーナがフィールドの端からぐるりと旋回しながら、ガッツポーズをした。下のほうで、真紅の絨毯が歓声を上げた。
>
> (『アズカバンの囚人』3-2, p.115)

原著の英語 <u>the sea of scarlet below was screaming its delight</u> は、空中か

101

ら観客席を見ているのでハリーの視点からの記述だと思われます。直訳すると「下の方の緋色の海が歓声を上げていた」くらいになるでしょうか。グリフィンドールを応援する緋色の服を着た生徒や先生が座っている観客席一帯を「緋色の海」に見立てているメタファーです。箒に乗って空中からみた観客席が、どんなふうに目に映っているかがリアルに伝わってきます。

　松岡氏の日本語訳は「下の方で、真紅の絨毯が歓声を上げた」となっています。日本語母語話者の私にとっては、空中から観客席の状況を「絨毯」に見立てる松岡氏の感覚に大いに共感します。花時計なども私には絨毯に見えます。英語母語話者には、もしかしたら海に似ているように見えるのかもしれません。そういえば、サッカーの試合などで、観客席で起こる「ウェーブ」も「海の波」に見立てている表現ですね……。

　「ウェーブ」の話が出たので、少し脱線しますが、ゲシュタルト心理学の「全体は部分の総和以上である」というテーゼを聞いたことがあるでしょうか。まさにスタンドで起きるウェーブがその例です。「部分」に相当する観客の1人ひとりを見ると、万歳の格好をして立ち上がって座る、という動作をしているだけなのですが、「全体」を見ると波が動いているように見えます。全体は部分の総和以上なのです。1995年の阪神淡路大震災の後、夜間に部屋の電気をつけて光文字メッセージを送った高層ビルがありました。これも「部分」を見ると、ある部屋の電気は点灯し、ある部屋の電気は消灯している、だけなのですが、「全体」を見ると「がんばろう　こうべ」の光文字が浮き上がって見えるのです。全体は部分の総和以上である、という分かりやすい例です。私たちはゲシュタルトを認識しているのです。

　さて、ハリーに戻りましょう。次の（4-14）は『秘密の部屋』からの例です。ハリーたちが、新学期の準備で教科書を買いに本屋に行ったところ、「闇の魔術に対する防衛術」の指定教科書の著者でかつ授業を担当することになったロックハートがサイン会を開いていました。ロックハートは有名人気作家で、ハリーを見つけて一緒に撮った写真が『日刊予言者新聞』の1面を飾ります。後日の新学期初日、どういうわけかホグワーツ特急に乗れなかった

◆ 第4章 ◆「衣を見事に着こなす」とは —— 4種類の比喩

　ハリーとロンは、ウィーズリーおじさんの空飛ぶ車アングリアで何とかホグワーツに到着しますが、暴れ柳にぶつかって大騒動になります。ロックハートは、先日新聞の1面を飾ってハリーが目立つことの味を覚えてしまい、また目立ちたくなったのだろうと勝手に推測し、ハリーに次のように言います。

'a. Gave you a taste for publicity, didn't I?' said Lockhart. 'Gave you the *bug*. You got onto the front page of the paper with me and you couldn't wait to do it again.'[...] 'I *understand*. b. <u>Natural to want a bit more once you've had that first taste</u> — and I blame myself for giving you that, because it was bound to go to your head — but see here, young man, you can't start *flying cars* to try and get yourself noticed.[...]'

(*Chamber of Secret*, p.95)

「a. 有名になるという蜜の味を、私が教えてしまった。そうでしょう？『有名虫』を移してしまった。新聞の一面に私と一緒に載ってしまって、君はまたそうなりたいという思いをこらえられなかった」[…]

　「わかりますとも。b. <u>最初のほんの一口で、もっと食べたくなる</u>——君が、そんな味をしめるようになったのは、私のせいだ。どうしても人を酔わせてしまうものでしてね。——しかしです、青年よ、目立ちたいからといって、車を飛ばすのはいけません。[…]」

(『秘密の部屋』2-1, pp.149-150)

　taste は本来的には味覚の「味」を意味しますので、(4-14a) <u>Gave you a taste for publicity, didn't I?</u> では、publicity（知れ渡ること／目立つこと）の心地よい感覚を、おいしいものを食べた時の心地よい感覚に見立てています。そしてその見立てに基づいて、(4-14b) <u>Natural to want a bit more once you've had that first taste</u>（いったんその最初の味を知ってしまったら、もう少し欲しくなるのは当然です）は、「一度目立つ心地よさを経験してしまったら、

103

また目立ちたくなるのは当然だ」を意味するメタファー表現になっています。何かを食べてそれがおいしかったら、またそれを食べたくなるのは誰もが経験していることなので、ロックハートのような目立ちたがる人の心情がよくわかる比喩だと思います。もちろん、ハリーがそのタイプかどうかは疑問ですが……。

ハリーがロックハートのタイプではないことを、ダンブルドアはやはりちゃんと理解していました。話は一気に進んで、(4-15) は『死の秘宝』からの例で、先にシミリのところで挙げた (4-6) の例と同じ文脈です。

ハリーは11歳でホグワーツに入学した際、魔法界では既に有名でした。ヴォルデモートのアバダケダブラ「息絶えよ」を受けて唯一「生き残った男の子」だったからです。ヴォルデモートが復活し、生徒たちが自分で自分を守る術を必要としたとき、ハリーは皆に請われ、闇の魔術から防衛するための魔法の指導をすることになります。結果、ダンブルドア軍団のリーダーとして、そして不死鳥の騎士団を含め、反ヴォルデモート陣営の旗頭として、ヴォルデモートに命を狙われ続けながらも、その役割を見事に果たしていきます。

スネイプの記憶から、自分自身が八つ目の分霊箱になっていることを知ったハリーは、ヴォルデモートを倒すためには自分が死ななければならないことを理解します。ハリーは抵抗することなく、ヴォルデモートの「死の呪文」を受けて倒れます。その直後、生死の境にいるのでしょうか、ハリーは既に亡くなっているダンブルドアといろいろ話をします。ダンブルドアは自分が若いころ、権力とその誘いに弱いことが分かり、それゆえ魔法大臣就任を何度も固辞し、ホグワーツの校長でいつづけたことを明かして、こう語ります。

'[...] It is a curious thing, Harry, but perhaps those who are best suited to power are those who have never sought it. Those who, like you, have leadership thrust upon them, and take up the mantle because they must,

◆ 第4章 ◆「衣を見事に着こなす」とは —— 4種類の比喩

and find to their own surprise that they wear it well.'

(*Deathly Hallows*, pp.586-587)

「[…] 興味深いことじゃが、ハリーよ、権力を持つのに最もふさわしい者は、それを一度も求めたことのない者なのじゃ。きみのように、やむなく指揮を執り、そのせねばならぬために権威の衣を着る者は、自らが驚くほど見事にその衣を着こなすのじゃ」

(『死の秘宝』7-4, p.241)

　英語下線部は、直訳すると「きみのように、押し付けられてリーダーシップをとり、そうしなければならないがゆえに権威のマントをかぶり、それを上手に着こなしていることに気づいて、自分ながら驚くような人々のことじゃ」くらいでしょうか。mantle という語は、外套(がいとう)ですが、権威の象徴としての意味を担うことがあります。さらに、下線部全体が名詞になっているので、直訳では自然な日本語にしにくく、上記の松岡氏の訳はいつもながらすばらしい訳だと思います。

　類似性についていえば、ここでは、仕事を見事に成し遂げることを、その衣を見事に着こなすことに見立てています。類似性に基づくメタファーです。その前の部分で、ダンブルドア自身が、権威とその誘いに弱い人間であることを告白していますので、(4-15) は、当代最も優れた魔法使いといわれるダンブルドアからハリーに贈られる最高の賛辞だと言えるでしょう。ダンブルドアのハリーに対する敬意と深い愛情が伝わる、心に残る表現になっていると思います。

　メタファーは類似性に基づく比喩です。人は様々なモノの間に類似性を見出します。この節では、「卵」と「満月」や、「赤い服を着た人が埋め尽くす観客席」と「赤い絨毯」のような外観の類似性、「ジュリエット」と「太陽」のようにそれが持つ特性の類似性、「注目された時」と「おいしいものを食べた時」に感じる気持ち／感情の類似性、「仕事を成し遂げること」と「衣を着こなすこと」の見事さ／カッコよさ(?)の類似性などに基づくメタファー

105

表現を観察しました。メタファー表現には、強く印象に残る表現や感動的な
表現が多く見つけられるように思います。逆にメタファーは、通常の言い方
では十分伝えられないような、話し手の感動や感情を伝える手段として、独
自の類似性を作りだしていると見ることができるかもしれません。

　以上、本章では、シミリ、メトニミー、シネクドキ、メタファーという四
つの比喩について、その基本的な特徴を概観したのち、『ハリー・ポッター』
に見られるそれぞれの比喩表現の例について、その基本的な特徴を確認し、
文脈を抑えた上でその効果を観察しました。限られた数の例にとどまりまし
たが、『ハリー・ポッター』は長い作品で、他にも大変興味深い多くの比喩
表現にあふれています。それらが『ハリー・ポッター』の面白さにも大いに
貢献しているに違いないと思うのです。

《引用文献》
瀬戸賢一（1997）『認識のレトリック』海鳴社.

第5章 「感謝しますわ、ロン！」の真意

―― アイロニーの魅力 ――

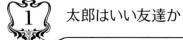

1 太郎はいい友達か

　アイロニー（皮肉）表現も『ハリー・ポッター』を読んで強い印象が残る表現です。その時の話者の感情が大変効果的に伝達されていたり、思わずニヤッとさせられたりするユーモアあふれるセリフには、アイロニーが関わっていることがよくあります。本章では、まずアイロニー発話がどのような特徴を持つものかについて簡単に説明し、その効果別に、具体的には、怒りやあざけりの感情表現、なにげない巧妙な表現、ユーモアあふれる表現の3種について、『ハリー・ポッター』に出てくる心に残るアイロニー発話を観察したいと思います。

　まず、本章が焦点を当てるアイロニー発話が、どのような現象であるかを見てみましょう。（5-1a, b）は、どちらも典型的なアイロニー発話としてよく引き合いに出される例です。

> a. [雄二が親友と思っていた太郎に裏切られたことが発覚した状況で]
>   雄二：太郎はいい友達だよ。
> b. [「明日はピクニック日和のいい天気よ」という友人Aのことばを信じて一緒にピクニックに出かけ、大雨に降られた状況で、Aに対して、]
>   「本当にいい天気ね」。

　（5-1a）では、親友だと思っていた太郎が、雄二の仕事上の秘密をライバル会社に売ってしまったことが発覚し、雄二も聞き手もこのことを知っている状況で、雄二が（5-1a）「太郎はいい友達だよ」と言うとアイロニーです。日本語の話者なら「皮肉」だと言うでしょう。話者の雄二は、口では「太郎はいい友達だ」と言っていますが、伝えようとしている内容は「親友だと思っていたのに、裏切るなんて、太郎はなんてひどい奴なんだ」のようなもので、雄二が怒っていることが分かります。ですから、（5-1a）の「太郎はいい友

◆ 第5章 ◆ 「感謝しますわ、ロン！」の真意 —— アイロニーの魅力

達だ」という発話で、雄二は、その反対の「太郎はひどいやつだ」のような意味を「怒り」と共に伝えているように思えます。

（5-1b）も同様で、いい天気になるという友人Aのことばを信じて、翌日一緒にピクニックに出かけたら大雨に降られ、その友人Aに（5-1b）「本当にいい天気ね」と言うと、これもアイロニーです。この話者も、口では「本当にいい天気ね」と言っていますが、伝えようとしている内容は「あなたがピクニック日和だと言うから来たのに、ひどい天気じゃないの、えらい目に合ったわ」というようなもので、この話者も怒っていることが分かります。ですから、この（5-1b）も「いい天気だ」という発話で、ことばとは正反対の「ひどい天気だ」のような意味を「怒り」と共に伝えているように思えます。

このようなことから、アイロニー発話は伝統的に（5-2）のように規定され、修辞学の領域で長く研究されてきました。

〈アイロニーの伝統的定義〉：あることを言ってその反対を意味する。

ところが、20世紀の終わりころからのアイロニーの言語学的分析の発展に伴って、この規定に合わない例も多数見つかり、21世紀の現時点では、様々なアプローチでいくつもの分析が提案されています。どの分析も鋭い指摘をしている素晴らしい研究です。この節では、比較的分かりやすい、個人的に大変興味を引かれた言語学の河上誓作の著書（2018）を紹介して、後の節で『ハリー・ポッター』のアイロニー発話の例を観察する際の参考にしたいと思います。

河上（2018）が挙げている（5-3）の例を見てみましょう。

[昆虫採集で子供が補虫網を不器用に振り回し、蝶を取り逃がしたのを見て、]

a. 父：そんなやり方じゃ駄目だ。こうするんだよ。よく見てなさい。

> [父親も失敗して蝶を取り逃がしたのを見て、]
> b. 子供：なるほど、そうするわけね。
>
> （河上 2018, p.28）

　この状況での子供の発話（5-3b）「なるほど、そうするわけね」はアイロニー発話ですが、（5-2）の「あることを言ってその反対を意味する」という古典的定義が当てはまらないように思うのです。先の（5-1）では発話内容の反対は分かりやすく、（5-1a）「太郎はいい友達だ」の反対は「太郎はひどい友達だ」で、（5-1b）「いい天気」の反対は「ひどい天気」で、それぞれ後者が現実に起こっている事実でした。一方（5-3b）の発話で子供が伝えようとした内容は「偉そうなこと言うから上手いのかと思ったけど、父さんだって失敗したじゃないか」というようなことを、「あざけり」とは言わないまでも「からかい」のような態度を伴って伝えているように解釈されます。この時（5-3b）「なるほど、そうするわけね」というアイロニー発話は、その（字義的）意味の反対「そうしないわけね」を意味しているというより、「お父さんは蝶を捕まえる」という予想／期待が実現した際に、子どもが言う発話です。

　そこで河上（2018）は、（5-3b）を、先行認識（P）と現実認識（－P）の正反対の関係を用いて、次のように説明します。（5-3a）の父の発話「そんなやり方じゃ駄目だ。こうするんだよ。よく見てなさい」を聞いて、子どもは「お父さんは（虫取りが上手で、）蝶を捕まえる」と予想し期待します。これが先行認識（P）です。ところが現実は失敗し「蝶を取り逃がす（口で言うほど虫取りが上手ではないかも）」という正反対の現実認識（－P）が生じます。この現実の状況（－P）で、先行認識（P）に添う発話をするのがアイロニー発話だというのです。

　この「先行認識（P）に添う発話」というのは、先行認識（P）が実現した状況で発すると思われる発話に相当します。つまり、期待（先行認識P）「お父さんは蝶を捕まえる」が実現した状況で発する「なるほど、そうするわけね」を、現実の（失敗した）状況（－P）で発するのがアイロニー発話だと

◆ 第5章 ◆ 「感謝しますわ、ロン！」の真意 —— アイロニーの魅力

考えるわけです。(5-3b)では確かにそれが成り立っています。成功した（P）の状況で発する他の表現「なかなかうまいね、お父さん」や「さーすが」などを、現実の蝶を捕まえ損ねた（−P）の状況で発話してもアイロニー発話になります。何だかうまくいきそうです。

　この河上（2018）の説明が、先の(5-1a, b)にも当てはまるかやってみましょう。(5-1a)「太郎はいい友達だよ」の例における先行認識（P）は、例えば「親友は裏切らない」のような期待／理想だと考えられます。ところが、それとは正反対の「親友だと思っていた太郎が裏切った」ことが発覚した状況（現実認識−P）で、先行認識（P）に添う発話「太郎はいい友達だ」が発せられているので、河上（2018）はこの例をうまく説明できそうです。また(5-1b)「本当にいい天気ね」の例における先行認識（P）は、「ピクニック日和のいい天気になる」です。ところが、それとは正反対の「大雨」になった状況（現実認識−P）で、先行発話（P）に添う発話「本当にいい天気ね」が発せられているので、河上（2018）の説明が当てはまっています。

　このように、その説明力に期待が持てそうなので、本章では、アイロニー発話の性格付けとして河上理論を採用し、そのエッセンスを部分的にわかりやすい表現に置きかえて、ここでは(5-4)のようにアイロニー発話を規定したいと思います。

河上理論（2018）のアイロニー発話
先行認識（P）と現実認識（−P）の対立が生じた際に、現実状況（−P）において、先行認識（P）を発話に投影したもの（Pに添う発話）がアイロニー発話である。

　ただ、実際の例を観察すると、文脈が複雑で、この先行認識（P）と現実認識（−P）が何に相当するかを見極めるのが難しい場合や、先行認識がないように思える場合があったりで、一筋縄ではいかないところがあります。以下の具体例の観察をする際に気づいてもらえると思います。

111

このように、アイロニー発話を明確な言葉で規定することは簡単ではないのですが、一方で、人はアイロニー性を直感的に感じ取ります。アイロニーは、ギリシア時代から弁論術の重要なトピックで、人を説得したり、演説で人の感情に訴えたりする際に効果的に用いられてきました。現代でもレトリックの重要なトピックです。先に触れましたが、上記の（5-1a）「太郎は本当にいい友達だよ」や（5-1b）「本当にいい天気ね」などでは、その状況に置かれた話者の感情（この場合は「怒り／憤慨」）がアイロニー発話で効果的に表現されています。（5-3）「なるほど、そうするわけね」では、父親の失敗を「からかう」態度が効果的に伝えられているように思います。

『ハリー・ポッター』全7巻のどの巻にも、アイロニー発話がたくさん出てきます。学術的に言うと違いがあるのですが、本書では、アイロニーは日本語の「皮肉」にほぼ相当すると考えてください。アイロニー発話は、背景の文脈をちゃんと知っている人だけが意図された解釈にたどり着けるので、そういう意味では複雑な発話なのですが、独特のニュアンスを伴う、強く印象に残る効果的な表現になることが多いように思います。実際、本章のタイトルの「感謝しますわ、ロン！」は、ハーマイオニーの発話ですが、口ではロンに「感謝する」と言いながら、それによって伝えようとしている内容（真意）は、ロンに対する怒りです。それをロンにぶつける発話なのです。この解釈は、この発話に至る文脈を知らなければ、到底思いもよらないものです。後の節で詳しく観察します。

以下では、このようなアイロニー発話の多様な効果の視点から、怒りやあざけりの感情表現、なにげない巧妙な表現、ユーモアあふれる表現、という三つのタイプに絞って、『ハリー・ポッター』に出てくる心に残る発話の事例を、河上理論を参考に観察していきたいと思います。

 怒りやあざけりの感情表現

前節で典型的なアイロニー発話として見た（5-1a, b）は、感情、それも怒り／憤慨といった激しい感情を伝えるものでした。喜びや幸せをポジティ

◆ 第5章 ◆ 「感謝しますわ、ロン！」の真意 —— アイロニーの魅力

ブな感情とするなら、怒りやあざけりはネガティブな感情／態度といえるでしょう。アイロニー発話は、ネガティブな感情／態度を表現するときに用いられることが多く、『ハリー・ポッター』でも多くの例が見られます。これは魔法界の闇の帝王と戦う物語設定の性格のせいかもしれません。この節では、『ハリー・ポッター』作品に見られる怒りとあざけりのアイロニー発話を見ることにしたいと思います。アイロニー発話を理解するには、文脈を理解していることが必要ですので、少し長くなるところもあるかもしれませんが、発話解釈に必要な文脈を説明するようにします。

〈怒りのアイロニー〉

（5-5）は、この章のタイトルの元になったアイロニー発話です。ホグワーツ魔法学校の5年生に進級したロンとハーマイオニー（どちらもハリーの親友）は監督生に指名されます。ロンの双子の兄でいたずら好きのフレッドとジョージが『気絶キャンディー』を開発し、商品化を目指して改良点を見つけようと、1年生に試食のアルバイトをさせ、グリフィンドール寮の談話室で次々と気絶する小さな1年生の様子を観察しています。監督生のハーマイオニーは、危険だしやりすぎだと感じ、同じ監督生のロンに、一緒にやめさせようと提案しますが、ロンは自分の兄でもあり、知らないふりをします。ハーマイオニーは、仕方がないので孤軍奮闘し、抵抗する2人に、彼らが最も恐れる母親に手紙を書くと脅して、なんとかやめさせることに成功します。そして、何もしなかった同じ監督生のロンに（5-5）のように言うのです。

'Thank you for your support, Ron,' Hermione said acidly.
'You handled it fine by yourself,' Ron mumbled.

(*Order of the Phoenix*, p.236)

「ご支援を感謝しますわ、ロン」ハーマイオニーが辛辣に言った。
「君一人で立派にやったよ」ロンはもごもごといった。

（『不死鳥の騎士団』5-2, p.97）

113

ハーマイオニーは怒っています。この（5-5）の下線部は、ロンに対して、ハーマイオニーが「怒り」をぶつける発話だと言っていいでしょう。彼女は、友人を大事にする心優しい人物ですが、監督生に指名されるほどに頭脳明晰で、正義感にあふれ、決して気の弱い女性ではありません。上記の文脈からもわかるように、監督生の使命感から、彼女は、フレッドとジョージの『気絶キャンディー』試食アルバイトを止めさせようとします。口では「ご支援」を「感謝します」といっていますが、実際には、ロンは「支援」をしていませんので、ロンに「感謝」もしていません。この（5-5）の発話でハーマイオニーが伝えようとした真意を、もしことばにするなら、「ロンも監督生なのだから、2人をやめさせるために何かするべきだったのに、何もしないで私1人にさせるなんて、ひどいじゃないの」といったようなものだと考えられます。

　先の河上理論の「先行認識（P）と現実認識（－P）の対立」と「Pに添う発話」が、この例についても成り立っています。当てはめてみます。先行認識（P）（ハーマイオニーの期待）は、同じグリフィンドールの監督生であるロンとハーマイオニーが協力して一緒に『気絶キャンディー』アルバイトをやめさせること（「2人でとめること」）でした。ところが現実は、ロンが協力せず、ハーマイオニーひとりでやめさせました。これが現実認識（－P）（「1人でとめた／2人ではとめなかった」）です。ハーマイオニーの発話（5-5）は、先行認識「2人でとめる」（期待P）に添う発話「ご支援を感謝します」を、それが実現しなかった現実認識「2人でとめなかった」（－P）の状況において発話していると見なすことができます。見事に当てはまっていますね。

　もう一つ、これも怒りを伝達するアイロニー発話なのですが、一つの文の中に現実認識（－P）と先行認識（P）に添う表現が混在している例です。一文の中で（P）と（－P）の矛盾が生じているので、アイロニーであることが分かりやすい例ともいえると思います。次の（5-6）がその例ですが、話は徐々に深刻さを増し、文脈は以下のようなものです。ハリーの親友ロンの父アーサーが、闇の帝王ヴォルデモートの大蛇ナギニに襲撃されます。ハリーがそれをリアルタイムの「夢」（?）で見てダンブルドアに知らせ、発見

◆ 第5章 ◆ 「感謝しますわ、ロン！」の真意 ── アイロニーの魅力

が間に合ってアーサーは一命をとりとめますが、事態はかなり深刻です。一方、ダンブルドアの命令で、ハリーには誰も何も教えてくれず、ハリーは「自分は当事者なのに」と苛立ちを募らせます。そんな折、元ホグワーツの校長のフィニアスが、肖像画を通って、ダンブルドアの伝言をハリーへ伝えにやってくるのですが、その伝言は「動くでない（Stay where you are）」の一言でした。今の状況について何か情報が得られると期待したハリーはがっかりして、ダンブルドアへの不満を漏らすと、フィニアスは額縁に姿を消し、ハリーは怒り／苛立ちを爆発させます。

5-6

And he [Phineas] strolled to the edge of his frame and out of sight.
'Fine, go then!' Harry bellowed at the empty frame. 'And tell Dumbledore thanks for nothing !'
The empty canvas remained silent.

(Order of Phoenix, p.459)

　フィニアスは、ゆっくりと額縁のほうに歩いていき、姿を消した。「ああ、勝手に行ったらいい！」ハリーは空の額に向かってどなった。「ダンブルドアに、なんにも言ってくれなくてありがとうって伝えといて！」
　空のキャンバスは無言のままだ。

(『不死鳥の騎士団』5-3, p.131)

　英語(5-6)の下線部 tell Dumbledore thanks for nothing ! を直訳すると「無に対する感謝をダンブルドアに伝えよ」になります。アイロニーを感じさせるのは「無に対する感謝（thanks for nothing）」の部分で、松岡氏が的確に「なんにも言ってくれなくてありがとう」と訳しておられる通りです。通常「感謝」は、何かをもらって、あるいは何かをしてもらって感謝するのが普通ですが、ダンブルドアの伝言「動くでない（Stay where you are）」の一言は、

115

今の状況を知りたがっているハリーにとって、何の情報も伝えてくれない、ハリーにとっては nothing です。あくまでもハリーには何も知らせない態度のダンブルドアに、ハリーは苛立ちと怒りをつのらせます。ですので、口では「ありがとう」と感謝の言葉を述べていますが、その前後に書かれているハリーの心情からすると、この状況でハリーがダンブルドアに感謝するなどというのは、その真意の対極（正反対）のように思えます。

　先の河上理論の「先行認識（P）と現実認識（－P）の対立」と「（P）に添う発話」について言うと、ダンブルドアからの伝言というのでハリーが抱いた期待、つまり先行認識（P）は「何か情報もらえる」という期待で、現実認識（－P）は「何の情報ももらえなかった」という現実です。発話の前半部分「なんにも言ってくれなくて」が現実認識（－P）に相当し、後半の「ありがとう」が先行認識（P）に添うものと考えられます。通常のアイロニー発話の場合、（－P）の文脈状況でその反対の（P）に添う発話が為されるのですが、(5-6)は、一文の中に（P）と（－P）の表現が存在しているアイロニー発話になっています。アイロニー発話にしようとする話者の意図が透けて見える分かりやすいアイロニー発話といえるかもしれません。

〈あざけりのアイロニー〉

　さて、アイロニー発話は、何か／誰かを「あざける」時にもよく使われます。「あざけり」は「ばかにして笑うこと」（『精選版 日本国語大辞典』）とあり、上記の「怒り」のような基本的な感情とは異なるように思いますが、ネガティブな態度表明の一つだと言えるでしょう。ここでは一つだけ比較的わかりやすい例を挙げておきたいと思います。

　(5-7)は『ハリー・ポッター』最終巻の第7巻『死の秘宝』からの例です。ダンブルドアの死後、世の中は暗黒の時代に突入しました。ハリー、ロン、ハーマイオニーの3人は、ダンブルドアの遺志を継ぎ、闇の帝王ヴォルデモートを倒すために、分霊箱（ヴォルデモートの分割した魂の保管箱）を全て破壊するための旅を続けています。ホグワーツ魔法学校ではスネイプが校長となり、ヴォルデモート陣営の死喰い人（デス・イーター）が教師として入り込んで

実質支配しています。各地で行方不明者(死者)が続出し、死喰い人の手を逃れた多くの人が逃走生活を送る状況の中、ハリーたちのテント(保護呪文がかけてあるので外からは見えない)の近くで、聞き覚えのある声の会話に耳を澄ませます。少し長いのですが、文脈説明を付けて、そのまま引用します。

[保護呪文をかけたテントの外すぐ近くで、テッド・トンクス(不死鳥の騎士団員トンクスの父)、ディーン・トーマス(グリフィンドールの同級生)、ダーク(不死鳥の騎士団メンバー)、小鬼ゴブリンのグリップフックとゴルヌック(グリンゴッツ銀行を護る小鬼)が、薪(たきぎ)を囲んで話をしている。ホグワーツ校長のスネイプの部屋から、3人の子供たちがグリフィンドールの剣を盗み出そうとして捕まったらしい。スネイプは、剣をその場所に置いておくのは安全でないと考え、グリンゴッツ銀行に送った。グリンゴッツを護る小鬼ゴブリンたちがまた笑いだす]

'I'm still not seeing the joke,' said Ted.
'It's fake,' rasped Griphook.

'The sword of Gryffindor!'

'Oh yes. It is a copy — an excellent copy, it it true — but it was wizard-made. The original was forged centuries ago by goblins and had certain properties only goblin-made armour possesses. Wherever the genuine sword of Gryffindor is, it is not in a vault at Gringotts bank.'

'I see,' said Ted. 'And I take it you didn't bother telling the Death Eaters this?'

'I saw no reason to trouble them with the information,' said Griphook smugly, and now Ted and Dean joined in Gornuk and Dirk's laughter.

(*Deathly Hallows*, p.243)

「なにがおもしろいのか、私にはまだわからない」テッドが言った。

「贋物だ」グリップフックが、がさがさした声で答える。

「グリフィンドールの剣が！」

「ええ、そうですとも。贋作です — よくできていますが、まちがいない ― 魔法使いの作品です。本物は、何世紀も前に小鬼が鍛えたもので、ゴブリン製の刀剣類のみ持つある種の特徴を備えています。本物のグリフィンドールの剣がどこにあるやら、とにかくグリンゴッツ銀行の金庫ではありませんな」

「なるほど」テッドがうなずく。「それで、君たちは、死喰い人にわざわざそれを教えるつもりはない、と言うわけだね？」

「それを教えてあの人たちをおわずらわせする理由は、まったくありませんな」

グリップフックがすましてそう言うと、今度はテッドとディーンも、ゴルヌックとダークと一緒になって笑った。

（『死の秘宝』7-2, p.160）

　ゴブリンというのは、世界で一番安全と言われるグリンゴッツ銀行を護っている小鬼で、文字通り小さく、指が長くとても聡明なのですが、考え方が

◆ 第5章 ◆「感謝しますわ、ロン！」の真意 —— アイロニーの魅力

根本的に異なり、魔法使いとゴブリンの対立は歴史的にもくり返されてきているようです。ゴブリンは杖を持つ魔法使いとは異なる魔法を使います。ゴブリンが作った刀剣類は、永遠に錆びず手入れ不要という特徴などを持ちます。ゴブリンだけが本物かどうかを見分けることができるようで、上記(5-7)の会話はこのような背景でなされています。

(5-7)の下線部「それを教えてあの人たちをおわずらわせする理由は、まったくありませんな」というグリップフックの発話は、その後で皆が笑ったことからもわかるように、死喰い人たちをあざける（ばかにして笑う）アイロニー発話だと言っていいと思います。どの部分に「あざけり」を感じ、どの部分に「アイロニー」を感じるのかを整理したいと思います。

まずどこに「あざけり」を感じるかですが、ここでは、スネイプが安全を期してグリンゴッツに送ったグリフィンドールの剣が贋物であることを、小鬼のグリップフックとゴルヌックは知っています。死喰い人たちが本物か偽物かを見分けることができず、贋物をグリンゴッツに送って後生大事に保管していることを、あざけっている（ばかにして笑っている）と解釈することができます。

一方、どこに「アイロニー」を感じるかについては、その「あざけり」の表現方法に鍵があると思われます。やはり、発話の内容と事実との間に（P）と（－P）の対立が見て取れるように思うのです。具体的には、グリップフックの「それを教えてあの人たちをおわずらわせする理由（reason to trouble them with the information）は、まったくありません」という発話は、「わずらわせる（trouble）」という語が使われていることからも分かるように、「その情報を教えることは、死喰い人たちに面倒（迷惑）をかけてしまうことになるので、そんな申しわけないことをしなければならない理由はまったくありません」という「謙虚な」態度が字義的には表現されています。この言い方は、「グリンゴッツにあるグリフィンドールの剣が贋物だと教えることは、死喰い人にとって迷惑だ」という想定での発話です。「死喰い人に迷惑をかけたくないから言わない」、つまり、「死喰い人に不利益を生じさせたくない（－P）から言わない」と口では言っているわけです。ところが実際は、「死

喰い人にっとってその情報が非常に重要であること」は明らかですし、それは発話者のグリップフックはもちろん、そこにいる皆が知っていることです。ですからグリップフックの本心は「死喰い人の利益になるので言わない」のです。口では「死喰い人に不利益を生じさせたくない」（－P）から言わない、といいながら、その理由は正反対の「死喰い人に不利益を生じさせたい」（P）ので言わないのだ、ということを暗に伝えています。死喰い人にその情報を教えない理由が、グリップフックの本心（P）と発話（－P）で、正反対の関係になっています。ここに私たちはアイロニーを感じるのでしょう。

　一つ気になるのは、この例における、「伝えたい内容（P）と正反対の（－P）という発話をして、（P）を暗に伝達する」という（P）と（－P）の対立は、河上理論がうまく当てはまっていた「感謝しますわ」や「なんにも教えてくれなくてありがとう」の例で見た「先行認識（P）と現実認識（－P）が正反対の関係にあり、現実認識（－P）の状況で先行認識（P）に添う発話をする」という規定で説明するのが難しいように思います。この例では、「死喰い人に不利益を生じさせたくない」（－P）のような先行認識（期待／予想）があったとは考えにくいからです。むしろ、グリップフックの「死喰い人に不利益を生じさせたくない」（－P）という趣旨の発話を聞いて驚き、そんなはずないだろう、と思い、文脈を総合して、話者が伝えようとしている内容（本心）「死喰い人に不利益を生じさせたい」（P）ので言わないのだと推論して理解した、というのが、この発話には当てはまるように思えます。ただ、発話（－P）と話者の伝えたい内容（P）との正反対の関係は確かにあり、アイロニーを感じるので、ここにあげておきたいと思います。実は河上（2018）はこのタイプを含め様々なアイロニー発話を議論し、説明しています。詳細は河上（2018）をご参照下さい。

　この節では、怒りやあざけりといった、結構激しいマイナスの感情や態度を表すアイロニー発話を観察しました。これがアイロニーの効果を強烈に印象付ける、いわゆる典型的なアイロニー発話かもしれないと思います。一方、さらっと軽いなにげないアイロニー発話も、ハリー作品には多く見られます。次節では、このなにげない巧妙な表現になっているアイロニー発話の例を手

◆ 第5章 ◆ 「感謝しますわ、ロン！」の真意 ── アイロニーの魅力

短に見ておきましょう。

 なにげない巧妙な表現

　いたずらと悪ふざけが大好きな双子のフレッドとジョージを兄に持つロンは、小さいころから鍛えられたせいか、「そりゃ、不思議だな」というような軽いアイロニー発話をよく口にするタイプです。場合によっては、周りが気付いても、聞き手はそれと気づくことなく会話が進んでいく場合もあり、害のない（？）軽いアイロニーで、場の雰囲気を明るく整える効果があったりします。

　(5-8) は『秘密の部屋』からの例です。封印されていたホグワーツの「秘密の部屋」が開かれ、閉じ込められていた怪物が解き放たれます。スリザリンの継承者の「敵」（非魔法族を親に持つ魔法使いや魔女）が次々と襲われ石にされている状況で、ハーマイオニーも石になって発見されます。それまで、ハリーがスリザリンの継承者だと触れ回っていたアーニー・マクミランがハリーに謝罪し、今度はマルフォイがそうではないかと言い出す場面です。

　'I just want to say, Harry, that I'm sorry I ever suspected you. I know you'd never attack Hermione Granger, and I apologise for all the stuff I said. We're all in the same boat now, and, well —'

　'He held out a pudgy hand, and Harry shook it.

　Ernie and his friend Hannah came to work at the same Shrivelfig as Harry and Ron.

　'That Draco Malfoy character,' said Ernie, breaking off dead twigs, 'he seems very pleased about all this, doesn't he? D'you know, I think *he might* be Slytherin's heir.'

　'That's clever of you,' said Ron, who didn't seem to have forgiven Ernie as readily as Harry.

'Do *you* think it's Malfoy, Harry?' Ernie asked.

'No,' said Harry, so firmly that Ernie and Hannah stared.

(*Chamber of Secret*, p.283)

　「ハリー、僕は君を一度でも疑ったことを、申し訳なく思っています。君はハーマイオニー・グレンジャーをけっして襲ったりはしない。僕がいままで言ったことをお詫びします。僕たちはいま、みんなおんなじ運命にあるんだ。だから―」

　アーニーは、丸々太った手を差し出した。ハリーは握手した。

　アーニーとその友人のハンナが、ハリーとロンの剪定（せんてい）していた無花果（いちじく）を、一緒に刈り込むためにやってきた。

　「あのドラコ・マルフォイは、いったいどういう感覚をしてるんだろ」

　アーニーが刈った小枝を折りながら言った。

　「こんな状況になっているのを大いに楽しんでるみたいじゃないか？ ねえ、僕、あいつがスリザリンの継承者じゃないかと思うんだ」

　「まったく、いい勘してるよ。君は」

　ロンは、ハリーほどたやすくアーニーを許すことはできないようだった。

　「ハリー、君は、マルフォイだと思うかい？」アーニーが聞いた。

　「いや、ちがう」ハリーがあまりにきっぱり言ったので、アーニーもハンナも目をみはった。

（『秘密の部屋』2-2, pp.144-145）

　（5-8）下線部のロンの発話「まったく、いい勘してるよ」はアイロニー発話です。この時点までに、ハリーとロン、ハーマイオニーはすでに、秘密の部屋の怪物を操る「スリザリンの後継者」が誰かを突き止めようと動き始めており、マルフォイではないということを確認していました。ですので、ずっとハリーがスリザリンの継承者だと的外れなことを触れ回っていたアーニーが、「ハリーではない」と分かったとたん、懲りずに今度は「マルフォイだ」

◆ 第5章 ◆「感謝しますわ、ロン！」の真意 ── アイロニーの魅力

と、また的外れなことを言い出している状況をロンは正しく理解しています。この場面で、ロンは、下線部のように、「まったく、いい勘してるよ」（That's clever of you!）（P）と口では褒めていますが、心ではあきれて「懲りずにまた的外れなことを言っている」（e.g. That's stupid of you!）（−P）と思っています。このロンの発話（P）と本心（−P）の正反対の関係を理解できるハリーや読者には、ロンの発話はアイロニー発話だと分かりますが、本心を知らないアーニーは、文字通り「ロンに誉められた」と思った可能性があります。目の前にいるアーニーとの関係を損なわずに、この発話の真意が分かる人にだけ分かる、大変巧妙な発話と言えるかもしれません。そして同時に、アイロニー発話の解釈における文脈の重要性が見て取れます。

　もう一つの「なにげない巧妙なアイロニー表現」の例は『アズカバンの囚人』からの例です。ハリーとロン、ハーマイオニーは、3年生新学期の準備のためにダイアゴン横丁に買い物に来ています。「魔法動物ペットショップ」に、ロンはペットの（元気のないネズミの）スキャバーズの薬を、ハーマイオニーは自分用のフクロウを買いに行ったところ、店の巨大な赤猫がロンの頭に飛び乗り、ロンのスキャバーズ（ねずみ）に飛びかかり追い回す、という事件が起きます。ロンとハリーが外に逃げ出したスキャバーズを見つけて店に戻ると、フクロウを買うと言っていたハーマイオニーが、その巨大な赤猫のクルックシャンクスを抱いて出てきます。

'You *bought* that monster?' said Ron, his mouth hanging open.

'He's *gorgeous,* isn't he?' said Hermione, glowing.

That was a matter of opinion, thought Harry.

The cat's ginger fur was thick and fluffy, but it was definitely a bit bow-legged and its face looked grumpy and oddly squashed, as though it had run headlong into a brick wall. [...]

'... Poor Crookshanks, that witch said he'd been in there for ages: no one wanted him.'

123

'I wonder why,' said Ron sarcastically, ...

(Prisoner of Azkaban, p.64)

「君、あの怪物を買ったのか？」ロンは口をあんぐり開けていた。

「この子、素敵でしょう、ね？」ハーマイオニーは得意満面だった。

見解の相違だな、とハリーは思った。赤味がかったオレンジ色の毛がたっぷりとしてふわふわだったが、どう見てもちょっとガニ股だし、気難しそうな顔がおかしな具合につぶれていて、まるでレンガの壁に正面衝突したみたいだ。[…]

「…かわいそうなクルックシャンクス。あの魔女が言ってたわ。この子、もうずいぶん長いことあの店にいたって。だれも欲しがる人がなかったんだって」

「そりゃ不思議だね」ロンが皮肉っぽく言った。

（『アズカバンの囚人』3-1, p.88-89）

（5-9）下線部のロンの発話「そりゃ不思議だね」はアイロニー発話です。ハーマイオニーが買った猫のクルックシャンクスについて、ハリーが見解の相違だと思ったように、ハーマイオニーには「素敵な子」ですが、ロンにとっては自分のペットのスキャバーズ（ねずみ）を食べようと追いかける「怪物」猫で、ハリーも「素敵な子」だとは言いにくいような印象を持っているようです。ですから、「欲しがる人がいなくて長い間あの店にいた」とハーマイオニーが言うのを聞いて、ロンは、口ではハーマイオニーに合わせて「（こんなに素敵な猫なのに欲しがる人がいないなんて）不思議だね」（P）と言っていますが、本心では「（そりゃこんな怪物猫、欲しがる人がいないのは）当然だろう（不思議じゃない）」（－P）と思っています。「素敵な猫」だと思っているハーマイオニーには、このロンの発話は字義どおりに解釈される可能性がありますが、ハリーはアイロニー発話として解釈するに違いありません。

ここでも、ロンの発話の字義的意味（P）と本心（－P）が正反対の関係にあることに気づいた人にはアイロニー発話として解釈され、そうでない人

124

◆ 第5章 ◆ 「感謝しますわ、ロン！」の真意 —— アイロニーの魅力

には字義的に解釈される、という可能性が見て取れます。アイロニー発話の解釈において、文脈はやはり重要な役割を果たしていることが分かります。本心が分かるからこそ、アイロニーとして解釈できるのでしょうね。

 ユーモアあふれる表現

　最後に、印象に残るユーモアあふれるアイロニー発話を見ておきたいと思います。このタイプは、第2節で見た「ご支援を感謝」や「お手を煩わせる理由」のような、怒りやあざけりなどのマイナスの感情や態度を表明するタイプの「典型的な」アイロニー発話とは大きく異なり、ジョークと言ってもいいような発話です。日本語で、これが「皮肉」発話か、と言われるとちょっと違和感を覚えたりするのですが、発話内容（P）とその発話で伝達したい真意（－P）の正反対の関係は成り立っているので、取り上げておきたいと思います。ものによっては話者の印象を明るく楽しいものにする効果があります。つい「いいやつだなあ」などと思ってしまうので、作品の魅力に貢献していると思います。具体例を見ましょう。

　一つ目の（5-10）は、『アズカバンの囚人』からの例です。ホグワーツ魔法学校の生徒は、3年生になると、クリスマス休暇前の指定日に、試験で頑張ったごほうびとして繁華街ホグズミードに出かけることが許されます。みなそれを楽しみにしていて、ほとんどの生徒がうれしそうに連れ立って出かけて行きました。そんな中、保護者の同意書を提出できないハリーは、行くことが許されず、寮で1人、読書をしてその日をやり過ごそうとします。気の毒に思った悪戯好きのロンの双子の兄フレッドとジョージが、自分たちが愛用していた学校からの抜け道が書いてある「忍びの地図」をハリーにプレゼントし、ハリーがホグズミードにこっそり出かける方法を教えます。「忍びの地図」に示された七つの抜け道のうち2人のおすすめの、ホグズミードのお菓子店ハニーデュークスの地下につながっている抜け道と地図の消し方をハリーに教えたあと、規則を守ることが第一だと考える監督生の兄パーシーのものまねで、フレッドが次のように言います。

125

5-10

'So, young Harry,' said Fred, in an uncanny impersonation of Percy, <u>'mind you behave yourself.'</u>

'See you in Honeydukes,' said George, winking.

They left the room, both smirking in a satisfied sort of way.

(*Prisoner of Azkaban*, p.204)

「それではハリー君よ」フレッドが、気味が悪いほどパーシーそっくりのものまねをした。「<u>行動を慎んでくれたまえ</u>」

「ハニーデュークスで会おう」ジョージがウィンクした。

二人は、満足げにニヤリと笑いながら部屋を出ていった。

(『アズカバンの囚人』3-1, p.287)

　パーシーは、ウィーズリー家の三男で、ロン、フレッド、ジョージの兄です。グリフィンドールの監督生で学年首席の秀才ですが、悪戯好きで規則やぶりのフレッドとジョージとは正反対の性格で、規則を守ることを最優先する融通の利かないがちがち頭として描かれています。当然、フレッドとジョージの双子の日頃の所業には苦言を呈することが多く、双子は敬遠しているようです。ハリーもそのことはよく知っています。ですから、フレッドがパーシーそっくりに言った（5-10）下線部の「行動を慎んでくれたまえ」という発話は、口では「行動を慎むように」つまり「規則を破ってホグズミードに行ってはいけない」（P）と言っていますが、この発話でフレッドが伝達しようとしたのは「規則第一主義のパーシーならきっと「『保護者の同意書がないのだからホグズミードに行ってはいけない、行動を慎むように』と言うだろうが、俺たちゃそんな野暮は言わない、規則やぶり大いに結構、この地図を使ってホグズミードに行って、見つからないように楽しんで来いよ」、つまり「規則を破ってホグズミードに行って（楽しんで）来いよ」（−P）くらいのメッセージが伝わってきます。ここでもフレッドの発話内容（P）「慎め（行くな）」と真意（−P）「慎むな（行ってこい）」の対立が見て取れます。

126

◆ 第5章 ◆「感謝しますわ、ロン！」の真意 —— アイロニーの魅力

この（P）と（−P）の正反対の関係に私たちはアイロニー性を感じ取るのでしょう。だから、後に続くジョージの「ハニーデュークスで会おう」という発話と全く違和感なくつながるわけです。実際ハリーはとてもうれしかったようで、2人が立ち去った後「その場にたたずんで、興奮ではちきれそうになりながら……」とその心情が描写されています。ウィーズリーの双子の好感度は急上昇です。

それにしても「行動を慎んでくれたまえ」の一言で、上記のような、ことばにすると長い内容を伝達できる、私たちのコミュニケーション能力とそのメカニズムには驚かされます。私たちは結構複雑なことを一瞬にして行っているのだなあ、などと自画自賛し感心します。上記のような発話は、ウィットとユーモアに富んだ明るいアイロニー発話と言えるでしょう。

最後の例（5-11）の場面は、最終巻『死の秘宝』のまさに最終です。ハリーたち3名は、ホグワーツに戻ってきました。ハリーが戻ったことを知った不死鳥の騎士団とダンブルドア軍団がホグワーツに集結し、ホグワーツの教員や有志の生徒も立ち上がります。ハリーたちが分霊箱を次々と破壊していることに気づいたヴォルデモートは、ハリーを阻止し倒そうと、死喰い人と共にホグワーツを取り囲み、最終決戦の火ぶたが切って落とされました。双方総力戦の大混乱のあと、ハリーとヴォルデモートとの一騎打ちになりました。自分の宿命を理解して死をも受入れる覚悟をしたハリーと、愛も友情も知らず己1人の永遠の命を求めるヴォルデモートの直接のやり取りで、ヴォルデモートが僅かに動揺したかのように見えた一瞬、「死の呪文」と「武装解除」がぶつかり、「死の呪文」がはね返ってついにヴォルデモートが床に倒れます。歓喜に包まれるホグワーツで、ポルターガイストのピーブズが勝利の歌を歌っている状況で、ロンが次のように言います。

5-11

Somewhere in the distance they could hear Peeves zooming through the corridors singing a victory song of his own composition:

127

We did it, we bashed them, wee Potter's the One,
And Voldy's gone moldy, so now let's have fun!

'Really gives a feeling for the scope and tragedy of the thing, doesn't it?'
said Ron, pushing open a door to let Harry and Hermione through.

(*Deathly Hallows*, p.610)

　どこか遠くで、ピーブズが、廊下をブンブン飛び回りながら、自作
自演で勝利の歌を歌っているのが聞こえる。

　　♪やったぜ　勝ったぜ　おれたちは
　　　ちびポッターは　英雄だ
　　　ヴォルちゃんついに　ボロちゃんだ
　　　飲めや　歌えや　さあ騒げ！

「まったく、事件の重大さと悲劇性を、感じさせてくれるよな？」
　ドアを押し開けてハリーとハーマイオニーを先に通しながら、ロン
が言う。

（『死の秘宝』7-4, p.286）

　いつもながら、松岡氏の素晴らしい日本語訳が、ピーブズの歌の軽さとこ
とば遊びとニュアンスを、見事に表現していることに感銘を受けます。これ
まで、Voldemort（ヴォルデモート）を恐れるあまり、その名前を口にするこ
とさえできず You-Know-Who「例のあの人」や He-Who-Should-Not-Be-
Named「名前を言ってはいけないあの人」と言っていたのに、上記の歌で
は Voldy「ヴォルちゃん」と、まるで小さな子供を呼ぶように言及され、韻
を踏んで moldy（かび臭いボロ）になっちゃった、と表現される変わりよう
です。激戦で崩れた壁やがれきが散乱し、死者を弔い、怪我人の手当てが行
われています。ここで繰り広げられた戦いの重大な意味と目の前の惨状と、

◆ 第5章 ◆「感謝しますわ、ロン！」の真意 ── アイロニーの魅力

あまりに能天気で軽いピーブズの歌との間に、大きなギャップがあるからこそ、この下線部のロンの発話の意味が的確に理解できます。

（5-11）下線部発話は、ユーモラスなアイロニー発話とでも言えるでしょうか。ロンは口では、「（ピーブズ自作の歌は）事件の重大さと悲劇性を、感じさせてくれる」（P）と言っていますが、聞き手のハリーとハーマイオニーは、同じくその場で、ピーブズの上記の能天気な軽い歌を聞いていて、この戦いが深刻で悲劇的なものであったことを、この歌が全く感じさせないことが分かっていますので、ロンがこの発話で伝えようとした内容（真意）は「（ピーブズ自作の歌は）なんて軽くて能天気なんだ、今回の事件の重大さと悲劇性を、全く感じさせない（じゃないか）」（－P）と、半ば呆れているような印象を伝達していると解釈されると思います。ここでもやはり、発話内容（P）とその発話で伝えようとした真意（－P）の正反対の関係が、アイロニー性を感じさせていると言えるでしょう。その一方で、暗黒の時代が終わったという安堵と喜びで、ピーブズの気分に共感しているような側面もあり、（5-11）のロンの発話は、ユーモラスで絶妙なセリフになっているように思われます。ピーブズ自作の思わず笑ってしまう歌と共に、このロンのユーモラスなアイロニー発話も心に残るセリフとして、作品の面白さに貢献していると思うのです。

　本章では、発話とその真意が、何らかの意味で（P）と（－P）の正反対の関係になっているようなアイロニー発話に焦点を当て、『ハリー・ポッター』の作品の中の発話例をその効果別に観察しました。
　「ご支援を感謝しますわ」や「お煩わせする理由はありません」に代表されるような、怒りやあざけりのようなネガティブな感情や態度を伝えるアイロニー発話、「そりゃ、不思議だね」に代表されるような、分かる人にだけ分かる、なにげない巧妙なアイロニー発話、そして、「慎んでくれたまえ」に代表されるようなユーモアあふれる明るいアイロニー発話、の三つのタイプを扱うにとどまりましたが、もっと他にもアイロニーを用いた発話の効果／目的はありそうです。そして、このようなアイロニー発話が、ハーマイ

129

オニーがどれほどロンに腹を立てているかだけでなく、彼女の性格をも雄弁に語り、グリップフックがどれほど死喰い人を嫌っているかや、フレッドやロンがとてもユーモアがあり、ハリーを大事に思ってくれているんだな、ということを私たちは理解します。アイロニー発話は、その場面の話者の気持ちやユーモアを効果的に伝える、記憶に残るセリフとして、『ハリー・ポッター』の魅力に、大いに貢献していると思うのです。

《引用文献》
河上誓作（2018）『アイロニーの言語学』鳳書房 .

第6章 スネイプは好きなの嫌いなの？
― メタ言語否定とその背景 ―

いつもと違う否定の使い方

　まずはこの章のタイトルになっている『賢者の石』の（6-1）の例をご覧ください。文脈を説明します。ハリーは11歳になって全寮制のホグワーツ魔法学校に入学しますが、驚きの連続です。ホグワーツに到着した初日の歓迎会の席で、魔法薬学のスネイプ先生と一瞬目が合うのですが、その目つきから、（初対面なのに）ハリーは自分が嫌われているような感覚を持ちます。そしてそのスネイプ先生の魔法薬学の最初の授業の「しょっぱな」に、スネイプ先生は、ハリー（だけ）に、眠り薬や毒薬・解毒剤などについて立て続けに質問します。ハリーは、つい先日、ホグワーツから入学許可の連絡を受けるまで、自分が魔法使いだということさえ知らなかったので、当然ながら魔法の勉強をしていません。だから、どの質問にも答えられません。それなのに、ハリーが質問に答えられないことを理由に、スネイプ先生はグリフィンドール寮を減点します。どう見ても、スネイプ先生がハリーだけにつらく当たっている……。(6-1)は、そんな状況にいるハリーの思いが述べられています。

At the start-of-term banquet, Harry had got the idea that Professor Snape disliked him. By the end of the first Portions lesson, he knew he'd been wrong. <u>Snape didn't dislike Harry — he *hated* him.</u>

(*Philosopher's Stone*, p.145)

　新入生の歓迎会のときから、スネイプ先生は自分のことを嫌っているとハリーは感じていた。魔法薬学の最初の授業で、ハリーは自分の考えが間違いだったと悟った。<u>スネイプはハリーのことを嫌っているのではなかった——憎んでいるのだった。</u>

(『賢者の石』1-1, p.226)

◆ 第6章 ◆ スネイプは好きなの嫌いなの？── メタ言語否定とその背景

　この日本語は、松岡佑子氏による訳で、日本語母語話者の読者には全く違和感がないと思います。日本語では、もっとはっきり、「スネイプはハリーのことを嫌っているどころではなかった──憎んでいるのだった」と表現することもできます。程度の甚だしさを際立たせて強調する効果的な表現になっています。既に気付いた方もおられるかもしれませんが、これに関わる否定文の日英比較は大変興味深いので、後の節で詳しく取り上げることにして、ここでは基本的な事だけ触れておきます。

　一般に英語の not は日本語のナイに対応すると習いますから、(6-1) 下線部の前半 Snape didn't dislike Harry を、中学校（小学校？）で習ったように素直に日本語にすると「スネイプはハリーを嫌っていなかった」となります。が、この日本語訳だと上記の文脈での意味と大きく印象が異なります。(6-1) は、形の上では dislike を否定しているのですが、普通、「嫌い（dislike）でない（not）」のだから「好き」なのかと思うと、そうではなくて「嫌い」の程度のもっと激しい「憎む」なのです。この否定文はいつもの not 否定文と少し違っています。

　ロンが「蜘蛛は好きじゃナイ」と言うとき、私たちは「ロンは蜘蛛が嫌い」なんだと理解します。好き嫌いだけではなく、例えば、ハーマイオニーは「規則を破らナイ」ということは、「ハーマイオニーは規則を守る」のだと理解します。一般に、「好き」でナイなら「嫌い」だろうと、逆に、「嫌い（dislike）」でナイなら「好き（like）」だろう、と理解することが多いと思います。このように通常の否定は、言ってみれば方向性を逆転させるものなのですが、上記の (6-1) Snape didn't dislike Harry ── he hated him.「スネイプはハリーを嫌っていなかった──憎んでいた」の場合、not は、「dislike ではナイ」ので「like だ」と言っているのではなく、「嫌い」なのは嫌いなのですが、その程度が非常に甚だしいことを伝えるためのものである点が、通常の使い方のnot／ナイと違っています。単語の意味を否定して方向性を逆転させるのではなく、同じ方向を向いて、そんな程度ではないとさらに強めています。

　この場合、not は何を否定しているのでしょうか。dislike「嫌い」という単語の意味を否定してるのではないならば、何を否定しているのか。これと

133

よく似た例を、否定研究の第一人者、ローレンス・R・ホーンが議論していて、このような否定は「尺度含意」を否定する「メタ言語否定」だと言います（Horn 2001）。

尺度含意？メタ言語否定？初めて聞くことばに？？となりますが、どちらも日常的に出会っている大変面白い現象なので、次の二つの節でその基本的な現象を分かりやすく説明したいと思います。

 なぞなぞを解く鍵——メタ言語

例えば、「月が出ていますね」と言うとき、私たちは「月」ということばで、空に浮かんでいるを指し（意味）し、この発話は、その空のについて述べています。一方「moon は英語だ」と言うとき、私たちは moon ということばそのものについて述べています。このような、ことばについて語るために使われる言語をメタ言語と言います。『日本大百科全書』（ニッポニカ）の「メタ言語」の説明が分かりやすいので、(6-2) に引用します。

> メタ言語（metalanguage）
>
> 高次言語ともいう。われわれはしばしば（言語を使って）言語について語る。そのとき、そこで話題とされる言語を「対象言語」とよび、それについて語るために使われる言語を「メタ言語」とよぶ。たとえば、英語の文法について日本語で語る場合、英語が対象言語、日本語がメタ言語である。また、ある形式的な記号体系を日常言語によって定式化する場合、対象言語はその記号体系自体であり、メタ言語は日常言語である。
>
> 対象言語とメタ言語とは、事実上同じ言語であってもよいが、しかし、ある記号や文がそのどちらに属するものとして使われているかを明確に区別しないと、特に論理学や意味論において奇妙な矛盾が生ずることがある。（以下略）
>
> （『日本大百科事典』）

◆ 第6章 ◆ スネイプは好きなの嫌いなの？──メタ言語否定とその背景

ですので、「moon は英語だ」と言うとき、moon は対象言語で、「〜は英語だ」はメタ言語と言うことになります。moon を「月」にして、「月は日本語だ」とすると、上記の対象言語とメタ言語が同じ言語の場合に該当し、「月」が対象言語で、「〜は日本語だ」がメタ言語です。

　この同じ言語の対象言語とメタ言語を混在させ、なぞなぞやパラドックスが作られていることはよく知られています。(6-3) は、よく知られている (?) なぞなぞの一つです。

　なぞなぞ：イナカにあってマチになく、セカイにあってウチュウにないものなあに？
　こたえ：イカ（カイ）

　(6-3) では、イナカやマチ、セカイやウチュウという日本語が対象言語で、語自体の音を対象にしています。ひらかなの日本語が、これらの語について語る言語（メタ言語）だということになります。このようななぞなぞは、ことばが外界の何かを指して（意味して）いる通常の言葉の使い方で解釈すると答えが見つからず、「えっ？」となり、対象言語とメタ言語が混在していると解釈して初めて答えが見つかるものです。

　(6-3) は、セカイやマチなどのカタカナで表記された語が、意味（外界の指示対象）とは完全に切り離されたその語の音だけを対象にしていますので、対象言語であることがとても分かりやすい例です。ところが、実際の日常のコミュニケーションでは、もう少しその語の意味に近い側面を対象にする、(6-3) よりは少しコントラストがぼんやりする場合もあります。この章の中でハリーの具体例を観察するときに、改めて指摘したいと思います。

　この節では「メタ言語」とは何かを確認しました。次節では「尺度含意」とは何かを見ることにしましょう。

135

3 友人でも恋人ではなく——尺度含意

例えば（6-4a）のように、「何人かは無事でした」と言って「全員が無事だったわけではありません」（という含意）を伝達することがあります。（6-4b）のように「彼は友人です」といって「恋人ではありません」（という含意）を伝達することがあります。このタイプの含意をホーンは「尺度含意」と名付けました（Horn 1972）。

a. 何人かは無事でした。 → a′. 全員が無事だったわけではありません。
b. 彼は友人です。　　　 → b′. 恋人ではありません。

次の（6-5）は「尺度」の例です。

a. ⟨all, many, some⟩
b. ⟨boiling, hot, warm, lukewarm⟩
c. ⟨恋人、友人／同僚、知り合い⟩

例えば、（6-5a）の⟨all, many, some⟩は、数量の尺度を表していて、多い数量を表す表現から順に⟨all（全ての）, many（多くの）, some（いくつかの）⟩と並んでいます。（6-5b）は液体の温度の尺度を表していて、高い温度を表す表現から順に⟨boiling（煮立っている）, hot（熱い）, warm（温かい）, lukewarm（ぬるい）⟩と並んでいます。（6-5c）は人間関係の親しさの尺度を表して、親しい関係を表す表現から順に⟨恋人、友人／同僚、知り合い⟩と並んでいます。このような、数量の多さや液体の温度、親しさなどのような、何らかの性質について、程度／量／段階を表す表現を順に並べたものを尺度と言います。通常⟨　⟩でくくって、程度の高い表現から並べます。

◆ 第6章 ◆ スネイプは好きなの嫌いなの？──メタ言語否定とその背景

　そして日常の会話では、先ほど（6-5a）で見たように、「some（いくつかの）」のような、尺度の値の低い表現を使うと、同じ尺度上のより値の高い表現「all（全ての）」の否定「全て〜であるわけではない（not all）」を含意することがよくあります。また、（6-5c）のような、人間関係の親しさの尺度の低い値の表現を用いた（6-4b）「彼は友人です」と言うことで、それよりも高い値を表す「恋人」の否定（6-4b'）「恋人ではありません」を含意することがあるということです。この some に伴われる not all、「友達です」に伴われる「恋人ではありません」を、ホーンは「尺度含意」と名付けました。

　先日、日曜劇場『ブラックペアン シーズン２』第4話を見ていた時に、次の（6-6）ようなまさにこれに当てはまる会話に出くわしました。

a. 母親：それで、２人はいつからお付き合いしているのかしら。
b. 花房：世良先生とはそういんじゃないから。ただの同僚。
c. 世良：ほんとに、僕はただの同僚です。
d. 母親：そうなの？　お似合いなのに……。

（日曜劇場『ブラックペアン シーズン２』第4話、2024年7月28日放映分）

　花房さん（看護師、葵わかな）と世良先生（医師、竹内涼真）は、２人の勤務する東城大を訴えないように頼むため、花房さんの母親（戸島弁護士、花總まり）に会いに行きます。3人でレストランで会食を始めると、もしかしたらその会食の意味を勘違いをしたかもしれないのですが、母親が（6-6a）「それで、２人はいつからお付き合いをしているのかしら」と質問します。それに対して、娘の花房さんは（6-6b）「（世良先生は）ただの同僚」と言って恋人（彼氏）ではないと、まさにこの尺度含意で質問に答えています。世良先生も（6-6c）「僕はただの同僚です」と言って「恋人ではない」ことを含意して花房さんに同意しています。同じ尺度の低い値の表現「同僚です」を用いることによって、それより高い値の表現の否定「恋人ではありません」を含意する。これが「尺度含意」のメカニズムです。さて、「尺度含意」が

137

どういうものかが分かりましたので、次は、その「尺度含意」の否定を見ることにしましょう。

ホーンが「尺度含意」の否定として挙げているのは（6-7）のような例です。

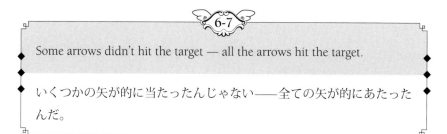

Some arrows didn't hit the target — all the arrows hit the target.

いくつかの矢が的に当たったんじゃない——全ての矢が的にあたったんだ。

　この発話が伝達している意味を、ホーンに基づいて分かりやすく説明すると次のようになります。例えば、部活でアーチェリーの成績を話している状況で、誰かが Some arrows hit the target.（いくつかの矢が的に当たった）と言ったのに対して、(6-7) の話者は「いくつかの矢が的に当たったんじゃない（Some arrows didn't hit the target）—全ての矢が的にあたったんだ」と訂正しています。後半部が訂正しているのは前半部によって伝達される「全ての矢が的に当たったわけではない」という含意です。つまり (6-7) は、「いくつかの (some) 矢が的に当たった」と言って「全てが当たったわけではない（尺度含意 not all）」を含意していますが、そうではなくて、「全ての矢が的に当たったのです」と、(6-7) の話者は述べているのです。not を伴う前半部は、通常のように「いくつかの矢が的に当たらなかった」ではなく「いくつかの矢が的に当たったのではない」と解釈されるものです。そこでホーンは、(6-7) は、「いくらかの (some)」の単語の意味（指示対象）を否定するのではなく、some という単語に伴われる「全てではない（not all）」という尺度含意を否定する「メタ言語否定」だと分析します (Horn 2001)。このタイプの否定は、その尺度の意味を強調する効果があるように思われます。次節では、ハリー・ポッターに見られるメタ言語否定の例を観察します。

◆ 第6章 ◆ スネイプは好きなの嫌いなの？── メタ言語否定とその背景

「嫌っているのでなく、憎んでいる」とは

　この考え方は、先の例（6-1）Snape didn't dislike Harry — he hated him（スネイプはハリーを嫌っているのではなかった、憎んでいるのだった）をうまく説明するように思います。便宜上（6-8）として繰り返します。

　At the start-of-term banquet, Harry had got the idea that Professor Snape disliked him. By the end of the first Portions lesson, he knew he'd been wrong. <u>Snape didn't dislike Harry — he *hated* him.</u>

(*Philosopher's Stone*, p.145)

　新入生の歓迎会のときから、スネイプ先生は自分のことを嫌っているとハリーは感じていた。魔法薬学の最初の授業で、ハリーは自分の考えが間違いだったと悟った。<u>スネイプはハリーのことを嫌っているのではなかった──憎んでいるのだった。</u>　　　　　（=6-1）

（『賢者の石』1-1, p.226）

　この例に関わる尺度は、「嫌悪」の程度〈hate, dislike〉のようなものでしょう。ここでは、その程度の高い表現「憎む（hate）」からそれより程度の低い表現「嫌う（dislike）」の順に並んでいます。

　「尺度含意」を理解した今、この「嫌悪」の尺度を用いて、改めて（6-8）（=6-1）の下線部の意味を、解釈してみます。「新入生の歓迎会でスネイプ先生と一瞬目が合った時から、「スネイプ先生は自分（ハリー）を嫌っている」ように感じていました。しかし、魔法薬学の最初の授業で、スネイプ先生が自分（ハリー）だけに難しい質問を浴びせかけ、答えられないのを同級生の皆に見せつけて、「有名でも何も役に立たん」とハリーをあざけるという経験を経て、「スネイプ先生は自分を嫌っている」という考えが間違って

139

いると悟ったのです。つまり、「嫌っている」というと「憎むほどではない」を含意（尺度含意）しているように思われます。初対面ですからそう思ったのは当然です。しかし、それは全くの間違いで、スネイプ先生はハリーを、単に「嫌って」いるどころではなく、それよりもっと嫌悪の程度のひどい「憎んで」いることを悟ったのだと言っているのです。そうすると、Snape didn't dislike Harry — he hated him. の not は、dislike（嫌う）に伴われる尺度含意 not hate（憎んでいない）を否定している、メタ言語否定の例（尺度含意の否定）だと説明できるわけです。

　話しは少し進みますが、映画版『ハリー・ポッターとアズカバンの囚人』にも、(6-9) のような「尺度含意の否定」の例を見つけることができます。少し治安の良くない例なのですがご容赦ください。(6-8) と同様に、「A どころじゃない、B だ（A＜B）」というように解釈されます。

　(6-9) はハリーの両親を殺したとされるシリウス・ブラックが、魔法族の監獄アズカバンを脱獄し、ハリーの命を狙ってホグワーツに向かっていると思われている状況での会話です。魔法大臣ファッジとホグワーツ副校長のマクゴナガル教授が、パブで、ハリーの両親が殺害された12年前の事件のことを話しています。

◆ 第6章 ◆ スネイプは好きなの嫌いなの？── メタ言語否定とその背景

Fudge: Black is vicious. He didn't kill Pettigrew — he destroyed him. A finger. That's all that was left. Nothing else.

ファッジ魔法大臣：ブラックは残忍だ。彼はペティグリューを殺したのではない―粉々にしたんだ。指一本だ。後に残っていたのはそれだけで、他には何もなかった。

(J.K. *Rowling, Harry Potter and the Prisoner of Azkaban*, DVD, 01:05,25)

　ブラックは、ハリーの両親の友人ピーター・ペティグリューを殺したと思われています。ペティグリューについて、その場に残っていたのは指1本だけだったとして、ファッジは (6-9) 下線部 He didn't kill Pettigrew — he destroyed him (ブラックはペティグリューを殺したのではない―粉々にしたんだ) と言うのです。

　ここでは、〈destroy（粉々にする）, kill（殺す）, injure（傷つける）〉のような、人に危害を加える行為の残忍さの尺度が想定されているように思われます。ファッジの下線部発話は、ブラックは残忍さを極め、ペティグリューを殺したのは殺したのだが、単に kill（殺す）と言うと not destroy（粉々にはしていない）と思われるだろうが、そうではなくて、ブラックはペティグリューを destroy（破壊／粉々に）したと言うのがふさわしい殺し方をした。実際、後に残っていたのは指1本だったのだと、その殺し方が残忍さを極めたことを強調しているように解釈されます。従って、(6-9) 下線部 he didn't kill Pettegrew — he destroyed him の not は、kill（殺す）という語に伴われる尺度含意 not destroy（粉々にはしていない）を否定しているメタ言語否定である、と説明できるわけです。

　以上、スネイプがハリーを嫌っているのかいないのかの例 (6-1) を出発点に、「尺度含意の否定」を観察してきました。(6-1) の Snape didn't dislike Harry — he hated him. では、not が修飾する「dislike（嫌う）」の単語の意味を否定しているのではない（「スネイプはハリーを嫌っていなかった」と

141

は解釈されない）という点で、通常の否定と異なっており、修飾される単語 dislike に伴われる「尺度含意」（not hate）を否定する用法（ホーンのメタ言語否定）であると分析できることを示しました。

実は、ホーンが提案するメタ言語否定には「尺度含意の否定」以外のものもいくつか含まれます。次節では、このメタ言語否定をもう少し詳しく観察し、二つの not の用法、これもホーンが提案したものなのですが、「記述否定」と「メタ言語否定」を、見ることにしましょう。

 ## 記憶に残る表現——メタ言語否定

これまで「尺度含意の否定」として観察してきたタイプの否定は、ホーンが「メタ言語否定」と呼ぶ否定の一種です。(6-1) のスネイプ先生の例では、なぞなぞと同じく、読者や聞き手は最初一瞬「あれっ？」と思うので、その後、意図された意味を理解した段階で、「なるほど、そういうことだったのか」とすっきりし、強調の効果も大きいので、記憶に残る興味深い表現になるのかもしれません。この節では、少し専門的な話になりますが、ことばの現象として大変興味深く、表現方法としても効果的な「メタ言語否定」を、通常の「記述否定」と比較して、その特徴を分かりやすくまとめておきたいと思います。

「記述否定」の not は、(6-10) のような普通の否定です。

a. Pigs don't fly.（豚は飛ばナイ）

b. Sands don't dissolve in water.（砂は水に溶けナイ）

c. It is not raining now.（今、雨は降っていナイ）

(6-10) は、単語が持っている字義的意味内容を真正面から否定するものです。少し専門的な言い方をすると「not は、対応する肯定文の真理値を逆転させるもの」だという言い方がされます。真理値というのは、外界に照ら

142

◆ 第6章 ◆ スネイプは好きなの嫌いなの？ —— メタ言語否定とその背景

し合わせて真であるか偽であるかという特性です。例えば（6-10a）では、対応する肯定文「豚は飛ぶ」は偽なので（外界の事実と照らし合わせると正しくないので）、その否定文「豚は飛ばナイ」は真（外界の事実を正しく述べている）になります。記述否定では、対応する肯定文と否定文の関係は、肯定文が真なら否定文は偽、肯定文が偽なら否定文は真、になるということです。同様に、(6-10b) に対応する肯定文「砂は水に溶ける」は偽ですから、その否定文 (6-10b)「砂は水に溶けナイ」は真になります。(6-10c) では、対応する肯定文「今、雨は降っている」が真ならば、その否定文（6-10c）「今、雨は降っていナイ」は偽になり、肯定文「今、雨は降っている」が偽なら、その否定文 (6-10c)「今、雨は降っていナイ」は真になります。この not が記述否定で、いつもの否定です。

　一方「メタ言語否定」として、ホーンは (6-11) のような例を挙げています。否定の対象は、単語の辞書的な意味内容ではなく、なぞなぞの例で見たように、その単語の音や、前の節で見た (a)「尺度含意」、さらに (b) アクセント、(c) 複数形の形などが含まれます。

> a. Some arrows didn't hit the target — all the arrows hit the target.
> 　いくつかの矢が的にあたったノデハナイ——全ての矢が的にあたったのだ。　　　　　　　　　　　　　　　　　　　　　　　（尺度含意）
> b. He didn't call the [pólis], he called the [polís].
> 　彼はポリス [pólis] を呼んだノデハナイ——ポリス [polís] を呼んだのだ。　　　　　　　　　　　　　　　　　　　　　　　　（アクセント）
> c. I didn't manage to trap two mongeese — I managed to trap two mongooses.
> 　私は2匹の mongeese を捕まえたノデハナイ——2匹の mongooses を捕まえたんだ。　　　　　　　　　　　　　　　　　　　　　（複数形）
>
> （Horn 2001, 日本語訳引用者一部改変）

143

(6-11a) の not は、先の節で見たように、対応する肯定発話の内容「いくつかの矢が的にあたった」ことを否定しているのではなく、some に伴われる尺度含意 not all（全てではない）を否定しています。(6-11b) の not も、直前の話者の肯定発話の内容「彼が警察に電話した」ことを否定してるのではなく、police という単語の発音の仕方を否定し、アクセントの位置がポリス [pólis] ではなくてポリス [polís] だ、ということを伝えています。(6-11c) の not も、直前の話者の言った肯定発話の内容「2匹のマングースを捕まえた」ことを否定しているのではなく、その発話で使われたマングースの複数形を否定し、マングースの複数形は mongeese ではなくて mongooses だよ、ということを伝えています。

　つまり (6-11) の not は、対応する（肯定の）先行発話の真理値を反転させる（内容が間違っていることを示す）否定ではなく、その発話の中に使われているある単語に伴われる、含意やアクセントの位置や複数形といった、単語の辞書的意味以外の様々な側面について、その発話をそのまま受け入れることができないことを示す否定だというのです。このような not の使用をホーンは「メタ言語否定」と名付けました。

　この単語の辞書的意味内容を否定しないメタ言語否定は、使い方によって大変効果的な表現方法になることがあります。次の例 (6-12) は、確か Robyn Carston が挙げた例だったと思いますが、何年も前に一度聞いただけなのに、今でも覚えています。アメリカ人がイギリスを旅行していて、トマトの畑の前で、地元の方に「この辺りではたくさんトマトを召し上がるんでしょうね」と言ったところ、その地元の方は次のように応答します。

◆ We don't eat tom[eiDouz] around here; we eat tom[a:touz].

◆ この辺りではトメイドウを食べるのではありません。トマートウを食べるんです。

◆ 第6章 ◆ スネイプは好きなの嫌いなの？── メタ言語否定とその背景

　この地元の方の発話は、「トマトを食べる」ことを否定しているのではなく、tomato という単語の発音について、この辺りではアメリカ英語のトメイドウと発音するのではなく、イギリス英語のトマートウと発音するのです、と言っています。そしてそれと共に、なんだかこの方（イギリス人）のアメリカ英語に対する感情も伝達しているように思いませんか。このメタ言語否定は、発話者の微妙な心情をも伝える、とても巧みな印象に残る表現だと思いました。

　この例と同種の表現力の豊かさ巧みさは、最初にあげた（6-1）の「スネイプは、自分を嫌っているのではなかった─憎んでいるのだった」にも通じるのではないでしょうか。歓迎会で初めて会った時に、目が合った一瞬で「嫌われている？」と感じたハリーは、嬉しいはずがありません。気分は落ち込んだでしょうし、「何も悪いことをしたわけでもないのに、なぜ？」という理不尽さも感じていたに違いありません。ですが実は、そんな「嫌われている」程度どころではなかった。「憎まれている」ことを悟ったわけです。最初に感じた落胆／落ち込みと理不尽さが、さらに深く落ち込ませる状況に放り込まれた時の感情が、このメタ言語否定の表現で、効果的に伝わってくるように思えるのです。記憶に残る所以でしょうか。

　映画を見た読者の中には、その字幕の表現から気付かれた方もおられるかもしれません。英語の not は、記述否定とメタ言語否定を区別できませんが、実は、日本語はこの二つの否定を巧みに表現し分けています。本章最後の次の節では、文否定について、英語と日本語の違いを観察しておきたいと思います。

 ナイとノデハナイ

　外国語を学んだことがある方は、日本語の一つの特徴が、文の最後に動詞／述語がくることだということをご存じだと思います。日本語の否定文は、（6-13）に示したように、対応する肯定文（6-13a）の最後の述語にナイを加えることによって出来上がります（6-13b）。

145

a. 太郎はピアノを弾く。→ b. 太郎はピアノを弾かナイ。

a'. Taro plays the piano. → b'. Taro doesn't play the piano.

　日本語の肯定文（6-13a）「太郎はピアノを弾く」は、英語の肯定文 Taro plays the piano. に対応し、日本語の否定文（6-13b）「太郎はピアノを弾かナイ」は英語の否定文 Taro doesn't play the piano. に対応しますので、日本語のナイは一般に、英語の not に対応すると考えられています。

　先の節で、英語の記述否定の（6-10）の例とメタ言語否定の例（6-11）を考察しましたが、英語においては、記述否定もメタ言語否定も形の上では同じでした。念のため（6-14）（6-15）として３例ずつ繰り返します。そして各英語の否定文に、対応する日本語訳を付けてみました。英語と異なり、日本語のメタ言語否定の例には、基本形のナイよりノデハナイという表現の方が自然に思えます。そこで、日本語否定の基本形ナイとメタ言語否定によく現れるノデハナイのどちらが自然な日本語になるかをチェックしてみました。アスタリスク（＊）の印は、不自然であることを示しています。下記の判断は、日本語母語話者の筆者の判断なのですが、日本語母語話者の読者の皆さんには、ご自分の言語直感と同じかどうか確認してみてください。

〈記述否定〉　　　　　　　　　　　　　　　　　　（=6-10, 日本語追加）

a. Pigs don't fly.（豚は 飛 {ばナイ／＊ ぶノデハナイ}）

b. Sands don't dissolve in water.
　（砂は 水に溶 {けナイ／＊ けるノデハナイ}）

c. It is not raining now.（今、雨は 降って {いナイ／＊ いるノデハナイ}）

〈メタ言語否定〉　　　　　　　　　　　　　　　　（=6-11, 日本語追加）

a. Some arrows didn't hit the target — all the arrows hit the target.

  （いくつかの矢が的にあた{ったノデハナイ／*らなかった}——全ての矢が的にあたったのだ）   （尺度含意）
b. He didn't call the [pólis], he called the [polís].
  （彼は ポリス [pólis] を呼{んだノデハナイ／*ばなかった}——ポリス [polís] を呼んだのだ）   （アクセント）
c. I didn't manage to trap two mongeese — I managed to trap two mongooses.
  （2匹の mongeese を捕まえ{たノデハナイ／*ナかった}——2匹の mongooses を捕まえたんだ）   （複数形）

 （6-14）の英語の記述否定と（6-15）の英語のメタ言語否定を比べると分かるように、英語においいては、形だけに基づいて記述否定をメタ言語否定から区別することは難しそうです。しかし、対応する日本語を見ると、(6-14)の記述否定の例では基本形のナイが、(6-15)のメタ言語否定の例では、ノデハナイが日本語として自然な否定文になっているように思います。

 日本語母語話者は、普段あまり意識していないかもしれませんが、日本語の文否定を表す表現は、基本形のナイだけでなく、ノデハナイやワケデハナイ、ドコロジャナイなど複数あり、上記のような not を伴う英語の否定文を日本語にする際には、文脈などに合わせて、きちんと訳し分けているように思われます。メタ言語否定の例においても、ノデハナイと言う形式がかなり広く対応できそうです。文脈によっては、程度を強調するドコロジャナイなどのような他の文否定の形式も可能な場合があると思われます。

 実際、次の(6-16)『ハリー・ポッターとアズカバンの囚人』（DVD）の例では、戸田奈津子氏の字幕はドコロジャナイになっています。

a. Hermione: That feels good.（いい気味）
b. Ron: Not good. Excellent.（いいドコロジャナイ。最高だ）

（J.K. Rowling, *Harry Potter and the Prisoner of Azkaban*, DVD,01:23,54）

147

この発話は、次のような文脈でなされたものです。ハグリッドが担当する「魔法生物学」の授業で、翼を持つ馬で頭は鷹というヒッポグリフ（魔法界の動物）を扱った際、ハグリッドの指示に従いハリーはその背に乗って空を見事に飛んで見せます。それを見たマルフォイが「簡単じゃないか」とハグリッドの注意喚起に従わず、ヒッポグリフを怒らせひっかかれて腕に怪我をします。父親が委員会に訴え、ヒッポグリフに処刑が言い渡されます。その当日、見物に来ていたマルフォイの「首をもらってグリフィンドール寮にかけてやろう」という暴言に激怒して、ハーマイオニーがマルフォイを殴り、マルフォイは逃げ出します。そこでハーマイオニーが（6-16）That feels good（いい気味）と言ったのに対して、ロンが Not good. Excellent. と返します。good に伴われる尺度含意（not excellent）を否定するメタ言語否定の例です。

　対応する日本語は、同じくスカッとしたロンの発話としては、やはり戸田奈津子氏字幕の（6-16b）「いいドコロジャナイ、最高だ」とか、字数が多いので字幕候補としては却下ですが「いいなんて言うもんじゃない、最高だ」などがピタッと来ます。一方、基本形ナイを用いた「よくナイ、最高だ」は、この文脈ではどうにも不自然です。やはり、記述否定には基本形のナイを、メタ言語否定にはノデハナイやドコロジャナイなどの発展形の文否定形式を用いるという役割分担が、日本語にはあることが分かると思います。

　以上、本章では、『ハリー・ポッター』は何故面白いのかについて、メタ言語否定の例を観察してきました。具体的には、（6-1）Snape didn't dislike Harry — he hated him.「スネイプは自分を嫌っているのではなかった—憎んでいるのだった」の not は何を否定しているのか、という疑問を出発点に、

1．（6-1）には「尺度含意」と言う現象が関わっていることを見ました。同じ尺度上に、弱い値を表す表現（e.g. dislike）と強い値を表す表現（e.g. hate）がある場合、弱い表現（dislike）を使うと強い表現の否定（not hate）を含意することがある。これ（not hate）が尺度含意でした。そして、

2．not には、「記述否定」と「メタ言語否定」を表す二つの使用法がある

◆ 第6章 ◆ スネイプは好きなの嫌いなの？ —— メタ言語否定とその背景

というホーンの2分法について、具体例を観察しながら考えました。①文や単語の意味内容を真正面から否定し、肯定文の真理値（外界に照らし合わせて真か偽か）を逆転させる「記述否定」と、②真理値は逆転させないが、先行発話に伴われる尺度含意や発音・アクセント・形態などに異議を唱える「メタ言語否定」の二つの使用法が区別できることを見ました。さらに、3．その記述否定とメタ言語否定と、それに対応する日本語と英語を比較しました。英語の not は形だけで記述否定とメタ言語否定を区別することはできませんが、日本語の文否定の形式は多様で、記述否定の場合は基本形のナイを、メタ言語否定の場合はノデハナイやドコロジャナイなどの発展形を用いるといったように、役割分担をしていることを見ました。

『ハリー・ポッター』が面白いのは、そして、何度読んでもその度に話に引きずり込まれてしまうのは、舞台になる世界の設定や登場人物・話の筋などはもちろんですが、本章で見たような、ことば使いの巧みさ、表現力の効果なども貢献しているのでのではないかと思うのです。

《引用文献》

Horn, Laurence（1972）*On the Semantic Properties of Logical Operators in English*, Doctoral Dissertation, UCLA.

Horn, Laurence（2001）*A Natural History of Negation*, CSLI.

おわりに ━━━━◆

「ことば学」の魅力

　本書では、『ハリー・ポッター』シリーズ（J. K. ローリング著）の原著英語版全7巻（Bloomsbury Publishing）とその日本語翻訳版（松岡佑子訳、文庫版全20冊、静山社）に見られる、表現力豊かな言いまわしを観察しました。ページ数の関係で扱った例は限られた数にとどまりましたが、日本語と英語を比較することを含め、ことばの巧みな使い方が、この物語の魅力にどのように貢献しているかを考察し、ことば観察「ことば学」の面白さを伝えることを試みました。

🪶 ことばの巧みな使い方を分析

　第1章では、登場人物をどう表現するか、どう呼ぶか（呼称）について考察しました。ダンブルドア校長やマクゴナガル先生、そしてハリーの登場の仕方は印象的です。このような初めて言及する人の導入の仕方にはある特徴があること、人の呼び方には「名前で伝わるなら名前を用いよ」という一般原則があること、そして、Harry と呼んでいた友人たちが the seeker と呼ぶようになった場合のように、この原則が守られていない場合には、通常とは異なる何らかのニュアンスや含意が伴われることなどが分かりました。

　第2章では、物事の描写の「きめ細かさ（粒度）」について考察しました。「ウィンガーディアム レヴィオーサと唱える」は「呪文を唱える」よりきめ細かい表現で臨場感が出ます。「蛙チョコレート」と「甘い物」もそうですが、筆者は、読者に見せたい、伝えたいと思うちょうどよい粒度で物事を描写しています。文脈に合わせて、筆者は粒度を変えているという言い方をしても

いいと思います。『ハリー・ポッター』では、このような工夫が随所に見られ、読者をこの物語の世界に引きつけていると考えられるのです。

第3章では、人はことばを話しながら何らかの行動をしていることを確認し、会話の基本形「隣接ペア」について考察しました。「手伝おうか」という〈申し出〉には、「うん。お願い」と〈受け入れ〉たり、「いんや、大丈夫、ありがとうよ」と〈断った〉りします。このような〈申し出〉と〈受け入れ／断り〉や、〈質問〉と〈応答〉のような「開始タイプ」と「応じるタイプ」のペアは「隣接ペア」（adjacency pair）と呼ばれ、これが会話の基本的なやり取りの形です。「応じるタイプ」がタイミングよく現れないと、何らかのニュアンスや含意が生じることも観察しました。定型からの逸脱は語用論的意味が生じるのですね。

🪶 比喩・皮肉の面白さ

第4章では、瀬戸のきつねうどんと月見うどん・親子丼を参考に、四つの比喩の具体例を観察しました。「静かに降る雪のように読めてきた」は「ように」があるのでシミリ（直喩）です。「ウィーズリーしちゃう」や「問題分子ナンバーワン」は近接性に基づくメトニミー（換喩）、「守るべきもの」や「儀礼的な会話以上のもの」は包摂関係（「AはBの一種」）に基づくシネクドキ（提喩）、「真紅の絨毯」や「見事にその衣を着こなす」は類似性に基づくメタファー（暗喩）でした。4種類の比喩の例は、ことばでは表現しにくい感情や微妙なニュアンスを効果的に表現するのに大きく貢献しています。比喩の効果は絶大ですね。

第5章では、アイロニー（皮肉）発話を観察しました。「期待していたこと（P）が実現しなかった状況（－P）で、期待が実現した際に言うセリフを言うとアイロニーになる」という河上分析は、多くの例をうまく説明できました。「感謝しますわ」と言って怒りを伝え、「おわずらわせする理由はありません」はあざけっていました。このような負の感情を伝えるアイロニーもありますが、「いい勘してるよ、君」のような、さらっとなにげなく言う巧妙なアイロニーや、ハリーを密かに助けるフレッドの「行動を慎んでくれたま

え」のようなユーモアあふれるアイロニーも、うまい！言いまわしとして心に残ります。

第6章では、辞書に載っている意味を「否定」しないメタ言語否定の例を観察しました。Snape didn't dislike Harry—he hated him は、スネイプがハリーを嫌っていない（好きだ）と言っているのではなく、dislike どころではないと述べていて、ことばの使い方が不適切であることを意味するメタ言語否定でした。英語の not は、通常の否定とメタ言語否定を形の上で区別することはできませんが、日本語は、通常の否定のナイと異なる形、ノデハナイやドコロジャナイなどを持っていることも見ました。程度の甚だしさを際立たせる否定です。

🖊 楽しく読み進める「ことば学」の本を

筆者の須賀先生と吉村はどちらも、人のコミュニケーションを研究対象とする語用論を専門にしています。須賀先生は、その中でも「会話分析」という枠組みでコミュニケーションを相互行為と見なし、「指示表現」や「粒度」「隣接ペア」を研究対象としていて、本書では第1章から第3章を担当しました。吉村は、認知語用論の枠組みで、推論に興味を持ち、比喩やアイロニーのようなレトリックと否定関連表現を研究対象としていて、第4章から第6章を担当しました。また、序章は吉村が原案を作成し須賀先生が加筆修正してくださり、終章は吉村の視点から書かせていただいています。

毎年、私たちは、学部の1回生から大学院博士課程の3回生までの9学年の学生さん院生さんに、ことばに関する（英語学・言語学の）授業をしています。コミュニケーションで私たちが使うことばは一見雑多に見えるのですが、実は美しい規則性・法則性があること、ことばの観察と分析はとても楽しいこと（「ことば学」の魅力）を伝えたい、という思いが、全ての授業の根底にあります。そんな思いを形にして、10代の若者を含む一般の方々が、スーッと読んでいけるような、楽しいことば学の本を書いてみたいなと思っていました。

✒ ハリーと「語用論」の旅へ

　一方、『ハリー・ポッター』（の日本語版）を連続して読み終える機会を得たのは、2021年前期に奈良女子大学文学部からいただいたサバティカル（研究休暇）中の8月でした。当時の科研費課題だったアイロニーは、文脈が重要なので、『ハリー・ポッター』なら面白い例があるかもしれないと読み始めたのがきっかけでした。それまで、映画の方は何度も見ていて話の設定や展開が面白いことは知っていたのですが、本を読み始めると、目的のアイロニー発話の例はもちろん、他の言語学的に面白い例があちこちに見つかるのです。何とも言えないことばの力といいますか、著者の表現力のすごさを強く感じ、作品が何倍にも魅力的に見えてきたのです。この作品が世界中で愛されるのは、あるいはもっと身近に、私自身が何度もこの作品を読み返したくなるほど面白いと感じるのは、この巧みなことばの言いまわし、筆者の表現力のすごさ、に起因しているに違いないと思うようになりました。

　そんな時、奈良女子大学の文学部が出版助成をしている『まほろば叢書』を英語学・言語学で執筆する機会をいただきました。当時の英語学・言語学スタッフは須賀先生と私の2人で、どちらも語用論が専門でしたが、奇しくも、須賀先生もことばの研究対象として『ハリー・ポッター』に興味を持っておられたのです。『ハリー・ポッター』の作品に出てくる表現が作品の面白さに貢献している側面に焦点を当てて、分かりやすく楽しく読める本を書こうということですぐに意見は一致しました。加えて、2人の研究対象は相補的でしたので、ことばの語用論的現象としては、広い範囲をカバーできたのではないかと思います。須賀先生と共著できたことは大きな幸運でした。

✒ ことばの「なぜ」を追求しよう

　「ことば学」は、広い意味での文法なのですが、中学や高校で学んだ英文法とは大きく異なります。外国語を学習する際、母語と比較して学ぶことは効果的なことは皆さんご存じのことかもしれません。例えば「私はそれについて何も知りません」が I know nothing about it. と I don't know anything about it. の二つの文に対応することを学び、日本語には nothing に対応する語がないことに気づきます。ないと言えば、関係代名詞も日本語にはありませんね。「なぜ？」と尋ねても、おそらく答えはもらえなかったでしょう。Have you seen him yet? も Have you seen him already? も、適切な文脈で発話されるとちゃんとした英語ですが、対応する日本語はどちらも「もう彼に会いましたか」になります。なぜでしょうか。

　外国語学習でこの「なぜ」を連発すると学習が進みませんので、そういうものだと、疑問を抑えて学習してきたのではないかと推察します。一方、大学以降の「ことば学」（英語学・言語学）では、その「なぜ」の答えを追求します。そして、多くの場合、実際に答えが出ます。現代の言語学は、ことばの規則性・法則性を発見することがその仕事です。そして語用論は、人のコミュニケーションが研究対象で、人はどのようにして相手の伝えようとする意味を理解するのかを解明します。

✒️「ことば学」の未来を担う皆さんへ

　Sociaty 5.0において、人はロボットと共に生活することになると想定されています。もうそうなりつつありますね。ロボットのコミュニケーションを人に近づけるのは工学の仕事ですが、その元になる人がどのようにしてコミュニケーションを行っているのかを解明するのは語用論の仕事です。そう思うと、何だかワクワクしてくるのです。本書を読んで、ことばやコミュニケーションに少しでも興味を持ってもらえたら、とてもうれしいです。

＊

　最後になりましたが、本書の出版に至るまでに多くの方のお世話になりました。

　中山前文学部長と吉田現文学部長、及び文学部総務委員会の先生方のご助言がなければ、この本の出版は実現していませんでした。かもがわ出版の樋口修氏には、『ハリー・ポッター』の原著及び翻訳版の版権に関する調査や、

執筆過程のペース配分、及び効果的な構成／校正等の編集、時宜を得たアドバイスをいただき、大変お世話になりました。装丁の坂田佐武郎氏とDTPの佐久間文雄氏には、素敵なデザイン、レイアウト等ありがとうございました。ここに記して心から感謝申し上げます。

　2025年2月

吉村 あき子

《著者紹介》

吉村 あき子（よしむら・あきこ）
奈良女子大学研究院人文科学系教授。専門は言語学（語用論）、主な著書に『否定極性現象』
（単著、英宝社、1999年、第33回市河賞）、『関連性理論の新展開』（共著、研究社、2003年）、
『言語の認知とコミュニケーション』（共著、開拓社、2018年）などがある。

須賀 あゆみ（すが・あゆみ）
奈良女子大学研究院人文科学系教授。専門は言語学（語用論）、主な著書・論文に
「指示表現の属性を導く機能について」『英語語法文法研究』第9号（2002年）、『相互行
為における指示表現』（単著、ひつじ書房、2018年）などがある。

※カット写真は Unsplash より。

ハリー・ポッターの「ことば学」

2025 年 3 月 20 日　第 1 刷発行

著　者　吉村　あき子　須賀　あゆみ
発行者　田村　太郎
発行所　株式会社かもがわ出版
　　　　〒 602-8119　京都市上京区堀川通出水西入
　　　　TEL 075-432-2868　FAX 075-432-2869
　　　　ホームページ　http://www.kamogawa.co.jp
印刷所　モリモト印刷株式会社

ISBN978-4-7803-1368-0 C0082　　　　　ⓒ 2025

◇ 奈良女子大学文学部〈まほろば〉叢書シリーズ ◇

モチベーションの社会心理学
2024年
竹橋 洋毅／著　　※1800円

知的障害をもつ子どもの発達的理解と支援
2023年
狗巻 修司・小槻 智彩／著　　1800円

地図で読み解く奈良
2022年
浅田 晴久／編著　　※1700円

「星野君の二塁打」を読み解く
2021年
功刀 俊雄・栁澤 有吾／編著　　※1800円

気候危機と人文学——人々の未来のために
2020年
西谷地 晴美／編著　　1800円

「ジェンダー」で読む物語——赤ずきんから桜庭一樹まで
2019年
高岡 尚子／編著　　1600円

甘葛煎再現プロジェクト——よみがえった古代の甘味料
2018年
山辺 規子／編著　　1600円

パブリックアートの現在——屋外彫刻からアートプロジェクトまで
2017年
栁澤 有吾／著　　※1600円

イギリスの詩を読む——ミューズの奏でる寓意・伝説・神話の世界
2016年
齊藤 美和／編著　　1600円

和合亮一が語る福島
2015年
鈴木 康史／編著　　1600円

「徒然草」ゼミナール
2014年
鈴木 広光／編著　　1100円

ベネディクト・アンダーソン 奈良女子大学講義
2014年
小川 伸彦・水垣 源太郎／編　　※1300円

語りべのドイツ児童文学——O.プロイスラーを読む
2013年
吉田 孝夫／著　　※1600円

現場の心理学
2012年
麻生 武・浜田 寿美男／編著　　※1400円

大学の現場で震災を考える——文学部の試み
2012年
三野 博司／編著　　※1000円

いずれも A5判　価格は税別　※は品切れ

◇ 既刊案内 ◇

遠藤織枝

寿岳章子 女とことばと憲法と

一番言いにくいことを一番言いにくい人に——。日本語に潜むジェンダーの呪縛を解き、主体的な女性の生き方を示した国語学者。戦争に翻弄された大学生活と戦後の自由な暮らし。多感な時期に記した新発見の日記が、その情熱と葛藤を映し出す。　　　　　　2500円

チャプコヴァー・ヘレナ編 荒俣宏 安藤礼二 熊倉一紗 ソルター・レベッカ
夏目房之介 藤野滋

非凡の人 三田平凡寺　趣味家集団「我楽他宗」の磁力

「なんとしてもその全貌を知りたい衝動に駆られる」（荒俣宏）。身分も性別も国籍も越えて、身の回りの珍品を蒐集する開かれた文化ネットワーク「我楽他宗」を創設した大正・昭和の奇人・三田平凡寺とは何者か。その全貌に迫る初の単著。　　　　　　3600円

岩瀬成子

まだら模様の日々

JBBY賞など数多くの賞を受賞している児童文学作家・岩瀬成子の「原点にあるもの」。親と子の葛藤と繋がりを描くエッセイ、ちょっとへんてこりんな愛すべき人たちが登場する連作短編、そして、生まれ育った岩国の街を歩いて撮った写真を収録。　　　　　　1800円

イェロン　村中千廣訳

地下鉄で隣に黒人が座ったら　イェロンの漫画日記

「マイクロアグレッション」とは、マイノリティの人々を無自覚に傷つけること。ガーナ人のボーフレンドとの生活の中で受けた不快な体験や考えたことを柔らかいタッチで伝える韓国発の漫画エッセイ。韓国で「書店が選ぶ今年の本」の1冊に選ばれた。　　　　　　2000円

辻井タカヒロ

持ってたところで何になる？

価値があるから集めるんじゃない、愛着があるから持っておきたい——。家族の冷ややかな視線を受けながら、謎のモノたちが増殖する日々を描いた私小説的コミックエッセイ。ケチケチ漫画家の家庭は大変なことになっている！　　　　　　1700円

価格は税別